Chara

御曹司は獣の王子に溺れ

海奈穂

キャラ文庫

この作品はフィクションです。
実在の人物・団体・事件などにはいっさい関係ありません。

目次

御曹司は獣の王子に溺れる

口絵・本文イラスト／夏河シオリ

序章

身を切るような冷たい風が、山から吹き下ろしていた。

遠藤《えんどう》は大きく身震いして、マントの襟を掻《か》き合わせた。薄い布地でできたマントは貧相で、ほとんど防寒の役には立たない。剝《む》き出しの耳も指先も凍りそうだ。

「気の毒に……」

がちがちと歯を鳴らす遠藤を見て、山道の少し前を歩いていた老人が、もう何度目かの呟《つぶや》きを漏らした。立ち止まって、遠藤を振り返る。髪も髭《ひげ》も真っ白な老人は、隠すこともなく同情に満ちた眼差《まなざ》しを向けてきた。

「可哀想になあ。あんた、言葉は達者だが、そのナリは外国の人だろう。隣のユサの国から逃げてきたのか？　あっちは内乱が激しいと聞く。きっと命からがら故国から逃げて来ただろうに。この国が平和だと聞いていたのか？」

「そんな感じです」

――日本語ではない、英語でも、ドイツ語でも、フランス語でも、タイ語でも、遠藤がこれまで学んだどの国の言葉でもない響き。相手が話すそれを、自分が当たり前のように理解できるばかりか、自然と話すことのできる不思議に、遠藤はもう慣れた。

言葉少なに答えた遠藤に対し、老人はさらに不憫《ふびん》そうな表情になり、小さく首を振ると再び険しい山道を歩き出した。

頂上に向けて険しい角度で延びる獣道としか呼びようのない道は、ほうぼうから立ち枯れた木の枝が突き出て、それを払うことなくしては数歩も進めない。遠藤は年齢の割にしっかりした足取りの老人に置いて行かれまいと、枯れ枝や下生えを摑《つか》んで懸命に進んだ。歩くというよりは、もう登ると言った方がいい。

麓の街を、案内役の老人と出発してから、おそらく三時間以上。ひたすら登り続けているうち、頭上から覆い被さるように生えている木々の向こうに、ようやく自然物以外の姿が現れた。

「ああ……あれだ」

老人が足を止め、まだ遠く離れたところにあるその城を指さした。

そう、城だ。冷たい灰色の石を積み上げて作られた巨大で堅牢《けんろう》そうな城を、遠藤は見上げた。

「あれが、おぞましい獣の棲《す》む場所だ」

遠藤以外に誰が聞いているはずもないのに、老人の声は辺りを憚《はばか》るようにひそめられていた。

(おぞましい——獣)

遠藤は、ぎゅっと自分の腕を片手で摑んだ。そうしないと、大きく震えてしまいそうだった。

そんな遠藤の仕種《しぐさ》を見て、老人は悲しげに眉を下げると小さく首を振った。

「いいかい、城に入ったら、とにかく目立たないよう、できるかぎり身を小さくしていなさい。

バスティアン様には、いつ誰が城に向かうかいちいちお伝えしていない。あんたが今日これから、お世話係としてバスティアン様のお側に侍《はべ》ることを、バスティアン様自身はご存じない」

「……お世話、係……」

「ああ、説明を聞いているだろう？　城の掃除や、バスティアン様のお召し物の支度、それに、お食事……の支度も、みんなあんたがやるんだ」

お食事、という言葉を、老人はひどく言い辛《づら》そうに口にした。

「……本当に、バスティアン王子は、獣の姿をしていると……？」

訊《たず》ねる遠藤の声はからからに乾き、震える。

老人はとうとう涙を滲《にじ》ませ、指で強く目頭を押さえた。

「ああ、本当だ。すでに人の姿をなくし、心まで獣になったと噂《うわさ》されている。あんたももうわかっているんだろう、自分が本当は何のためにここに連れてこられたのかを……王子の、餌に、なるのだと」

ぶるりと、堪《こら》えきれずに、遠藤は大きく身震いした。

膝も強張《こわば》った指先も小刻みに震え、合わない歯の根がガチガチと鳴る。

「可哀想に……」

老人が涙を流しながら、震える遠藤の背を叩《たた》く。

遠藤もまた涙していた。

――だがその理由は、老人が想像していたものとは、まったく別のものだ。
(本当に……本当に、本当に、獣が!)
遠藤は今すぐ大声で叫び出しながら城に向かって走り出したい衝動と闘っていた。
(大きくて人の言葉を喋《しゃべ》るという獣が！　あの城に!)
興奮と歓喜に打ち震えながら、遠藤はほろほろと熱い涙をこぼした。

1

遠藤侑人《えんどうゆうと》を知る大半の人間が、彼を『恵まれた人間』『選ばれた人間』だと言うだろう。

遠藤自身もそう思っていた。たしかに自分は『恵まれ』、『選ばれた』人間だと。

有名私立大学を卒業し、二十五歳にして高祖父が起こした大企業の本社役員と関連会社の経営責任者を任され、コネだ七光りだという陰口すら叩きようのない業績を上げ続けている、有能すぎるほど有能な男。

「あの人、いつ寝てるんだろうな」

「会食以外で食事を取ることってあるの？」

「ああなるともう、階層っていうか人種っていうか、そもそも生物としての種類が違うって感じがするよな」

――自分に対するそんな評価を、遠藤は耳にしたことがある。言われることは学生時代から変わらない。学生時代の方が面と向かって言われることは多かった。今はさすがに創業者の玄孫《やしゃご》に向かって、直接皮肉とも取れそうな感想を言えるほど勇気のある者はいない。上司ですらも腫れ物に触るように、あるいは露骨な追従の態度で接してくるのだ。

「侑人、今日は家に来るんだろう？　私の車で送っていくよ」

本社で行われた経営幹部会議の後、遠藤に声をかけてきたのは兄だった。この兄もまた、遠藤に対して媚《こ》びた笑顔を見せる。

兄、と言っても二十以上歳《とし》が離れていて、事情を知らない者が見れば兄弟というより親子に見えただろう。

「いえ、今日はこれからもうひとつ会議があるので」

にこやかに話しかけてきた兄に対し、遠藤の方はにこりともせずに答える。

「そうか、相変わらず忙しいな。私なんて、肩書きこそ立派だが実務は伴わない仕事だからな。侑人がそうして活躍してくれて、助かるよ」

「そうですね」

兄のあからさまな阿諛《あゆ》に、遠藤はやはり笑いもせず、取り繕うこともなく、ただ本音を口にした。会長の孫、社長の息子、順当に行けば次に代表取締役として名を連ねるのは彼だったのだろうが、今では社内の誰もが、いや世間も、跡継ぎは遠藤だと確信している。

できが違いすぎた。経歴だけは、大学卒業後にすぐ入社した遠藤よりも、海外留学や様々な関連会社の幹部を経験している兄の方が華やかだったが、実績で見ればその差は歴然だ。遠藤が関わるトレーディングはひとつの例外もなく堅実に実を結び、最初は誰もが反対したような大胆な事業投資のおかげで、結果的に傾きかけていた経営は立て直された。

経営が傾く原因を作り続けていたのがこの兄だ。経営者としては凡庸で、その上どこか運がない。手を出す事業のことごとくが裏目裏目に出て、遠藤が入社してからは、本人の言うとおり有名無実のポストに放り込まれている。幹部会議に姿は見せても、その間中、リサーチと称して退屈そうにスマートフォンのソーシャルゲームに励んでいた。

こういう兄を遠藤は心の底から軽蔑していたが、無能を自覚して余計なことをせずにいてくれることだけは、評価してやってもいいと思っている。

「まあそう、家に帰るのを嫌がるなよ。お袋も寂しがってるぞ、大学を出てから侑人がちっとも寄りついてくれないってな」

「――」

鷹揚《おうよう》に笑って、兄が遠藤の背中を叩く。その手を払い除《の》けたい衝動と、遠藤は必死に闘った。

昼行灯《ひるあんどん》だのと揶揄《やゆ》される兄が、見た目ほど脳天気な男だなんて、遠藤が思ったことはない。

兄の無能を肯定した弟の返事を捻《ね》じ曲げ、遠藤が依怙地《いこじ》になって父や祖父の住む『実家』に帰りたがらないということにしてしまった上、壮絶な嫌味を言った。

遠藤は愛人の産んだ子であり、兄の言う『お袋』は本妻、そして遠藤を疎んじている。それを承知で、兄は先刻のような言葉を、にこやかに笑いながら言うのだ。

(実際に俺があんたたちの家に行けば、嫌な顔しかしないだろうに)

そんな家で、遠藤は中学から大学を卒業するまでの十年間、暮らしてきた。

「暇ができたらそのうちに。では失礼します」

ひとつの愛想笑いすらコストの無駄だ。遠藤はそのまま兄に背を向けた。

「ふん、鉄面皮が」

聞こえよがしな嫌味を遠藤に言えるのは、社内でもこの兄だけだ。

「──侑人様、本日のホテルの手配が整いました」

会議室を出て廊下を歩く遠藤のそばに、秘書が近づき小声で告げる。大学卒業と同時に独立してマンションで独り住まいをしているが、仕事のために各地を飛び回っているので、ほとんどはその時その時で便のいいホテルで寝起きしていた。

兄に声を掛けられて時間を浪費した。遠藤は秘書に頷《うなず》く間も惜しみ、足取りを速める。

──そんな生き方を、この先もずっとしていくのだろうと思っていた。遠藤自身も、そして遠藤を取り巻く人々も。

あとほんの数日でそれらすべてが打ち壊されるなど、想像する余地すらなかった。

◇◇◇

自分以外の誰のことも信頼はできないし、その必要もない。

二十五年間の人生でそう確信していた遠藤にも、たったひとり、まあ『友人』と呼んで差し支えはないだろう、という相手がいた。

『最後の日』の記憶は、会社帰りにその友人と落ち合って、彼と会う時にしか入らないチェーンの安居酒屋の中、狭いテーブル席で酒を飲んだ時のものだった。

「遠藤は、こんな店でこんな俺と顔つき合わせて飲むのなんて、嫌だろ」

永野《ながの》とは中学時代の同級生で、その頃から口を開けば陰気なことばかり言う男だったが、その日はことさら自虐的な台詞《せりふ》ばかり口にしていた。悪い酒だったようだ。

そして遠藤は遠藤で、少々虫の居所が悪かった。大事な契約のための会合が、相手の都合で直前に流れてしまったのだ。無理矢理時間を抽出したのに無駄になった。むしゃくしゃするので、久々に永野と猥雑《わいざつ》な居酒屋で安酒でも飲みたくなって、呼び出したのだが。

「おまえこそ、好みでもない俺の顔を見ながら飲んだって、うまい酒にならないいんじゃないか」

「……」

言い返してから、少々言葉が過ぎたなとは、思った。

感情がすぐ表情に出る友人は、傷ついたことを隠しもせず、酔いで赤くなった顔色をサッと青に染め変えた。

悪い、と即座に謝ることが、遠藤にはできなかった。その方が相手を傷つける気がしたからだ。

だから頑固な顔で酒を呷《あお》る。そんな遠藤の様子を見て、永野は気弱な顔でふにゃりと笑った。

「そうだな、おまえは顔だけは整ってるけど、俺の趣味じゃない」

「——顔だけとは、何ごとだ」

永野の軽口に、どこか安堵《あんど》する。そんな自分が癪《しゃく》に障る。遠藤はじろりと友人を睨《ね》めつけた。

「はいはい、顔だけじゃなくて、頭もよければ家柄もいい、運動もできるし人徳もある、富豪の御曹司様ですよ」

茶化すように言う永野の言葉に少し棘《とげ》を感じるのは、おそらく遠藤の気のせいではなかっただろう。遠藤が愛人の子であるというのは公然の事実だ。だから、先刻の失言に対する意趣返しに違いない。

永野渾身《こんしん》の嫌味だが、兄や本妻たちに比べれば、醜悪さも毒気もはるかに足りない。遠藤は鼻先で嗤《わら》ってみせた。

「よくわかってるじゃないか」

「……嫌味じゃなくてさ。おまえは本当に、立派な人間だよ」

友人はテーブルに突っ伏して、酔っぱらいの口調で言う。

「おまえくらい突き抜けたエリートだったら、俺みたいなのは取るに足らない存在だって、放っておいてくれるだろうに……」

「まだくだらない嫌がらせをされているのか？」

遠藤の問いに、永野は答えなかった。それが答えだろう。

いい大人だというのに、友人はどうやら会社で悪質ないじめに遭っているらしい。パワーハラスメントとして訴えても、気のせいだと笑い飛ばされるような形で。

出会った中学生の頃から、彼はどんなライフステージでも必ず誰かしらにいじられ、いびられ、虐げられ続けている。

「今どきゲイってくらいで、いちいち騒ぎ立てるものか？」

主な理由はそれだ。永野は小柄で温和というより気弱、おまけにその辺りの女性よりも女性らしい顔立ちだったから、何かと言えば笑い者にされている。おまけに立ち回りが下手過ぎて、恋愛対象が男性だということを誤魔化しきれず、「そんな品のない言葉をよく口に出来るな」と遠藤などは呆《あき》れてしまうような手ひどい言葉を、他人から投げつけられ続けている。

「そういう性的指向の人間なんて、世界中見回せばいくらでもいるだろう。いちいちあげつらうほどのことでもないだろうに」

「……そういう扱いをしてもらえるのは、カースト上位の人間だけだよ」

「は？　カースト？」

なぜここでインドの身分制度が出てくるのかわからず、遠藤は首を捻《ひね》った。

「俺みたいなカースト下位は、成績がよくたってガリ勉だってバカにされて、顔がよければヤリチンだって言われて、カースト上位の奴《やつ》らと真逆の判定をされるんだ。もしおまえがゲイだとしたって、『個性的』だとか『感受性が豊か』だとか褒めそやされて、俺は『ホモ』だの

『ゲイビで抜いてんだろ』とか『今日もハッテンバか？』だの揶揄される。そういう仕組みなんだよ、この世の中は」

やはり永野はずいぶんと悪酔いしているようだった。素面《しらふ》なら無口で言いたいことも言えないくせに、今は堰《せき》を切ったように恨みがましい言葉を並べ立てている。

「相手に毅然《きぜん》とした態度でやめろって言えばいいとかって、遠藤は昔から言うけどさ。俺がそんなこと言ったら、逆らって生意気だってキレられて、逆効果になるんだよ。じっと黙って小さくなって、嵐が過ぎるのを待つしかないんだよ、俺なんかには」

呂律《ろれつ》の怪しくなった口調でぐじぐじと語り続ける永野を、遠藤は放っておくことにした。慰める気など毛頭ない。

(負け犬め)

口に出して言ってやってもよかったが、酔っぱらいに絡まれても面倒なので、内心で吐き捨てるだけにしておく。

中学の頃から十年以上、虐げられ続けている永野を、遠藤が慰めたことも庇《かば》ったことも一度だってない。

自分が永野を庇えば、いじめなどあっという間に収まることはわかりきっていた。

それから、中学を卒業して進路が分かれれば、それが無意味な行動になるということも。

永野自身が変わるか、立ち向かうかしなければ――あるいは世界が変化しなければ、彼のおかれた状況は結局変わらない。

だが彼はその変化を望まなかった。本人が言ったとおり、小さくなって嵐をやり過ごすことを選んだ。自分を取り巻くさまざまな環境を恨みながら。

永野は貧困家庭で生まれ育ったが勉強はよくできたため、中学から大学まで特待生待遇や奨学金で進んだものの、気弱と極度のあがり症が災いして希望の職種に就けず、絵に描いたようなブラック企業で上司や同僚や後輩にまでいびられて生きている。

今日のように口に出して愚痴を言うのは珍しいが、「人間には格差がある」とか「努力ではどうにもならないことがある」という意識に時折押し潰されそうになっていることは、遠藤にも伝わってきた。

永野の生まれ育った家庭は、遠藤が父親に引き取られるまでと、よく似ている。いや、父親からの養育費を自分の欲望だけに遣い息子を顧みなかった母と二人の暮らしよりは、少しましにすら見える。

似ているからこそ、「人間には格差がある」「努力ではどうにもならないことがある」という永野の思いに、遠藤も共感した。自分がどれだけ優秀でも、父親に引き取られなければ、今の『遠藤侑人』は存在しない。才覚や努力だけでは今の立場を得ていなかっただろうということは、遠藤自身嫌というほどわかっていた。

だから年に一度か二度、何となく永野と連絡を取り合い、酒を飲む。

遠藤が愚痴を言うことも弱味を見せることもなく、大抵は永野が一方的に喋るのを聞いているだけだが、それでも他の誰といるより永野といる時間が遠藤にとっては一番ましだった。

(人間のうちでは、だけどな)

永野は決して自分をちやほやしたり、遠巻きにせず、単なる同級生として目の前にいてくれるので、まあまあ心地がいい。

「……寝たのか?」

その永野は、遠藤の向かいで文字通り泣き寝入りしてしまった。突っ伏した背中がゆっくりした呼吸で上下している。

「……何だ、つまらないな」

ぼやいて、遠藤は酒の入ったグラスを口に運ぶ。こんな酒では酔えない。冷めた料理にも箸を伸ばした。酔っ払った永野がレモンをかけすぎた、油でてらてらと光る冷め切った唐揚げを口に入れる。

砂を噛《か》むような感触がした。別に店の料理がまずいというわけではない。まずかったとしても遠藤にはわからない。ここ一年ほど、食べ物の味を感じなくなっていたのだ。

ストレス、と医者には言われた。もともと食に執着はない。どうせ味がわからないなら、サプリメントや栄養食で食事をすませればいい。食べる手間も時間も惜しかったから、丁度いいと思っていた。

（こいつがこの有様なら、さっさと家に帰って、ライブ映像でも見てればよかった）

動物園で生まれたばかりのホワイトタイガーを、リアルタイムで流している動画チャンネルがある。

遠藤は今すぐにでもそのチャンネルの動画を眺めたい衝動を、どうにか堪えた。

（永野にだって、そんな趣味があるなんて知られたくない）

いや、永野だからこそ、かもしれない。他人に知られれば陰で笑われるだけだろうが、永野はきっと面と向かって「遠藤が動物の赤ちゃんを眺めて癒やされてるとか……！」と容赦なく笑うだろう。そして笑ったあと、気分を害した遠藤を見て「ご、ごめん、別に笑うことじゃないよな、遠藤だって可愛《かわい》いものが好きだよな」と焦って謝罪とフォローを入れてくるだろう。想像だけで耐えがたい。

（別に可愛いものが好きなわけじゃない。あの小さいのが、やがて気高く美しい獣に育つ様子を想像すると楽しいだけだ）

動物園はなぜ、夕方早くに閉園してしまうのだろうか。土日は親子連れで混雑してしまうのに。

ストレスが昂《こう》じて勉強や仕事に対するモチベーションが失われそうになると、遠藤は永野と会うか、でなければ動物園の猛獣エリアに入り浸るのが、中学時代からの癖だった。

最初は中学時代、父の家で父や祖父や兄や本妻と暮らすようになり、その家に帰ることがどうしても耐えられず、学校帰りに逃げ込んだのがたまたま動物園というだけだったのだが。

そこでぼんやりと猛獣たちを眺めているうち、心が鎮まった。

波だった心が治まったあとは、彼らの姿に熱中した。強くて美しい獣。檻《おり》の中に閉じ込められているが、そこを飛び出せば、きっと街中をしなやかに駆け抜け、人間たちなど相手にせずに、故郷に辿《たど》り着くだろう。そんな想像で、気づけば数時間過ごしていた。

走る獣の背に乗る自分の姿も妄想した。街から解放された獣に乗って、広い草原や険しい山道を共に駆け抜ける。疲れれば木蔭で寄り添い、大きな体を丸めて眠る動物に凭《もた》れて目を閉じる。

(あの生き物をベッドにして眠れたら、どれだけ安らげることか)

中学の頃から不眠気味の遠藤は、繰り返しそう思った。熱望した、と言ってもいい。

お気に入りは虎だ。ライオンや熊もいいが、自分が寄り添う想像をするのは大抵虎。スマトラトラ。アムールトラ。ベンガルトラ。誰も彼も美しく、気品がある。なのにどこか愛らしさもほの見えて、いくらだって眺めていられたし、いくらだって想像の中で一緒にいられた。

丁寧に毛繕いをしてやって、自分もお返しに大きな舌で舐《な》められて——などということも考えれば、陶酔感すら湧いてくる。

ふと我に返れば、子供染みた自分の空想や、それが絶対に叶《かな》うわけのない夢だということに、虚無的な気分を味わわされるのだが。

（次に休みが取れたら、あのホワイトタイガーを、何としても見に行こう）

次にいつそんな時間が取れるかなんて、見当もつかなかったが。勤め出してから動物園に行けた数なんて、片手の指でも足りてしまう。ライブ映像がなければどうかしてしまったかもしれないが、映像越しでは結局満足などできない。

溜息《ためいき》を吐《つ》いた時、そろそろラストオーダーだと店員に告げられ、遠藤は酔い潰れている永野を乱暴に揺さぶって起こした。きっちり割り勘で支払う。別に奢《おご》ってやってもよかったが、それをしてしまったら永野は二度と遠藤を誘わなくなるだろうし、そういう相手だから遠藤も永野と友人として付き合えるのだ。

「ああ、明日も、会社か……」

店を出て地下鉄の駅に向かいながら、まだ酔いの覚めやらぬあやふやな口調で友人が呟いた。

「……弊社、爆発しないかなあ……」

「何を言っているんだ、おまえは」

「さすがに、疲れたよ。月に一度でいいから、八時間ぐっすり眠りたい」

言葉どおり疲れ切ったように言いながら笑う友人に、遠藤は共感してしまった。彼もよく眠れない日々を過ごしているのだろう。

だが、「わかるよ」「俺もだ」などと、慰め合うようなことは言いたくない。

「そんなにぐっすり寝てみたいなら、うちで人体工学に基づいて作った寝具の取り扱いもあるから、テスターでもやらせてやろうか」

「あはは、いいな、それ――」

あと少しで、地下鉄の駅に辿り着く。その手前の信号は赤で、遠藤に並んで立ち止まった永野の笑顔が、唐突に凍った。

「――遠藤！」

「え？」

どっと、突き飛ばされた。永野が遠藤に体当たりして、地面に吹き飛ばされた遠藤は驚いて目を見開き――そして、歩道にいるはずの自分に向けてまっすぐと走ってくるトラックの姿が視界に入った。

（馬鹿げてる）

非現実にしか思えない眺めに、遠藤はいっそ笑い出してしまいそうになった。

トラックはゆっくり、ゆっくりと、怖ろしくスローモーションで遠藤の間近に近づいてくる。ゆっくりしているはずなのに、遠藤はそれを避けることもできず、ただ大きく目を瞠《みは》るだけだ。

（ああ、俺はここで、死ぬのか）

恐怖はなかった。ただ、「死ぬんだな」と言葉面だけで考え、そして。

凄《すさ》まじい衝撃を一瞬だけ感じ、遠藤侑人の人生は、終わった。

遠藤の人生は終わった――はずだった。

◇◇◇

はずなのに。

「おい新入り！　ボケーッとしてねえで、さっさとこの空樽《からだる》、裏庭に運べ！」

「はい、喜んで！」

濁声《だみごえ》に怒鳴りつけられ、遠藤は即座に大声で返事する。

広い部屋に無造作に並べられた数々のテーブル、そこに群がる雑多な人々、酒の匂い、饐《す》えた料理の臭い、汗と土の臭い、笑い声、歌声、怒鳴り声、乱暴に食器が置かれる音、足を踏み鳴らす音。

それらが渦巻くような店の中、遠藤は目の回りそうな心地でテーブルとテーブルの間をぬって進んだ。

「おい追加、何でもいいから肉持ってこい！」

「酒、酒がねえぞ、安いのでいいからたんと注《つ》いでくれ！」

「はい！　喜んで！」

店主から、客から、次々声をかけられるたびに大声を張り上げて応え、店の敷地中を走り回る。

この酒場で働き始めてから、多分、二週間。

酒場といっても、友人とたまに訪れるような全国チェーンの居酒屋ではない。店に溢《あふ》れかえっている男たちも会社帰りのサラリーマンではなく、農夫や炭鉱夫、市場で働く店主や奉公人——これまで遠藤が間近で触れ合ってきた者たちとはまるで違う人種の者ばかりだ。

そう、まさに、人種が違う。

遠藤のような肌の色、髪の人間はほとんどいなかった。大抵は陽《ひ》に焼けた浅黒い肌に、髪は赤茶けた色、あるいはくすんだ金か榛色《はしばみいろ》、赤髪と、バラエティに富んでいる。瞳の色も同様だ。青や緑が多く、遠藤のような黒は珍しがられた。

服装も異様だった。前述の通り背広姿の者などひとりもおらず、大抵は茶がかった地味な色合いの布地で仕立てたシャツやズボンを身につけている。女性もズボンが長いスカートに替わっただけで、飾りといえば革紐《かわひも》を編んだものや鳥の羽などで、ゴムやプラスチックなどは見当たらず、そういえばファスナーも使われていない。ミニスカートやホットパンツの類もみつからなかった。

ここは日本ではない。かといって北欧でも西欧でもない。多分、地球上のどこでもない。何しろ日本語が通じる。

誰もが日本語を喋っているわけではなく、遠藤が話す言語は日本語であろうと英語であろうとフランス語であろうとイタリア語であろうと、何でも相手に通じる。相手が話す言葉も、響きだけを聞けばどの国のものなのかさっぱり思い当たらないのに、意味がわかる。わかってしまう。

（しかし、なかなか覚めない夢だな）

友人と飲んだ帰り道、トラックに撥《は》ねられて意識がブラックアウトして、この夢を見はじめてから一ヵ月ほど。

スマートフォンが手許《てもと》にないので時計もカレンダーも確認できず、曖昧なところはあるが、夢の中ではそれくらいの時が経《た》っているはずだ。

夢の中で瞼《まぶた》を開くと、そこは夜の駅前ではなく、見たこともない土地の市場のような場所で、遠藤はその道端に夕日を浴びて転がっていた。怪我《けが》も痛みもなく、服装の乱れもないが、ただただ、混乱した。

心配した様子の人たちに声をかけられ、混乱したまま受け答えをしているうち、いつの間にか「余所《よそ》の国から逃げて来た身寄りのない文無し男」という立場を与えられていた。

呆然《ぼうぜん》としている間に日が暮れ、夜が来て、遠藤はどうしていいのかわからないまま市場に並ぶ荷車の陰に蹲《うずくま》って気を失うように眠った。これできっと、次には現実で目を覚ますだろうと思いながら。

だが翌日に目が覚めても、遠藤は同じ市場にいた。

呆然としたまま空腹で街の中をふらふら歩き回っていたら、同情した誰かに「荷運びを手伝うなら」と、食料を分けてもらえた。とにかく空腹だったし、喉もカラカラだったので、わけがわからないまま言われたとおりに市場の荷運びをした。

『悪い夢を見ているような』としか表現できない状況のまま、しばらくそうして何とか飲み食いし、道端で寝起きを繰り返した。

そのうちに、家もないし行き先もない、と誰かに素性を問われて答えたら、「あんたもこの国で生きていくためにはちゃんとした仕事が必要だろう、ちょうど人手が欲しいという店を探してきてやったから、そこで働きなさい」と言われて、この酒場に放り込まれた。

すべてにおいて現実味が乏しく、「目が覚めないのは、きっと車に撥ねられた自分が意識不明になり、集中治療室などで眠り続けているせいなのだ」と結論づけて、遠藤は流されるままに日々を暮らしてきた。

そもそも遠藤は夢というものを滅多に見ないのに、こうも長い夢を見続けているのは不思議だが、きっと瀕死《ひんし》の状態だからに違いない。

夢にしては、手触りも匂いも音も何もかもが生々しいことについては、深く考えないようにしていた。

そもそも深く思考する暇がなかった。酒場の雑用は市場の荷運びと比較にならないほど忙しく、慣れない体力勝負の仕事で店の閉まる明け方には疲れ果て、夕方までぐっすり寝てしまう。腹ぺこで起きて、まかない飯を食べたあとは、またすぐに仕事だ。

その繰り返しで二週間。週や月という言葉はあって、一日の長さも体感では現実世界と変わらない。だから多分、酒場に来てから二週間、夢を見始めてからは一ヵ月。

遠藤はいろいろな人たちからどやしつけられながら、この日もどうにか店が閉まる時間まで働いた。

「でもまあ、心配してたよりはよっぽど役に立つぜ、おまえ」

元は狩人だという屈強な店主が、閉店後の店で自らも床掃除をしながら、同じくモップを握る遠藤に向けて言った。

「難民は珍しくもないが、大体は喰《く》うに困って祖国を逃げ出してきた野郎たちだろ。痩せこけて、最悪病気持ちで、学もねえ。前に雇ってやった奴は、棒っきれみてぇな体でどやしつけてもぶん殴ってもオロオロしてばっかりで、てんで使いもんにならなかった」

ぶん殴っても、という言葉を聞いて、遠藤はぞっとした。どうやらこの夢は、パワハラ上等、コンプライアンスとは無縁の世界らしい。

「その点おまえは、棒っきれだが言葉は通じるし、金勘定もやたらうめえし、正直助かってるぜ。どのテーブルで誰が何をどんだけ喰って飲んだのか覚えてて、ちょっと気味が悪ぃくらいだ」

「おやっさん、勘定苦手だもんなあ」

一緒に後片付けをしていた別の雇われ男がからかうと、店主は「うるせえ！」と相手の頭に拳骨をくれて、遠藤はまたぞっとした。男は大して痛くもなさそうに笑っていたが、ゴン、と骨に響く凄まじい音がしていた。

「言葉が通じて、金勘定も出来るってことは、国ではそこそこいい家の出だったんじゃねえのか、もしかして？」

店主に訊ねられ、遠藤は曖昧に笑った。たしかにいい家の出だとは思うが、夢の中であれ、ここで素直に頷くほど愚かではない。平和に時をやり過ごすためには、なにもかも曖昧にしておいた方が身のために違いない、と判断する。

話す気はないという遠藤の態度を見て、店主が軽く肩を竦《すく》めた。

「ま、以前の立場がどうあれ、全部捨ててここにいるってことは落ちぶれて逃げ出したってことだろ。この辺りじゃワケありの野郎なんて掃いて棄《す》てるほどいる。真面目にやってる分には、喰いもんと寝床くらいにゃ困らせねえから、せいぜいあくせく働くんだな」

笑いながら背中を大きく叩かれ、遠藤はあやうく咳《せ》き込みながら倒れ込むところだったが、どうにか堪えた。店主は強面で乱暴ではあるものの、悪い人間ではないようだった。涙目で礼を言う。この店で仕事をもらえたのは、おそらく運のいいことだったのだろう。

最初に雇われた日に簡単な仕事の説明を受けただけで、今日まで店主や他の男とあまり長く会話したことはなかったが、少しはこの店に馴染《なじ》んだということだろうか。

気持ちも体も慣れた証拠なのか、翌日はいつもより少し早く目が覚めた。夢なのに眠ること、目が覚めてもやはり夢の中であることについては、断じて深く考えないよう全力で目を逸《そ》らす。

店に出るまでにはまだ時間があるので、遠藤は思い立って、街をぶらついてみることにした。もともと着ていたスーツだと悪目立ちする気がして、店に出る時と同じように、店長から支給された服を身につける。黄ばんだシャツに、毛羽立ってゴワゴワした硬い茶色のズボン。革靴は鞣《なめ》し足りないのか木靴のように硬く重たく、父に引き取られて以降の遠藤が身につけてきたものとは違いすぎる。着心地はひどいものだったが、母と暮らしていた頃も似たような恰好《かっこう》をさせられていたし、割合すぐに慣れた。第一、肉体労働のようなものなので、汚れても気にならないのがいい。何しろこの一ヵ月、風呂に入れたというか、まともに水浴びができたのは一度きりなのだ。あとは毎日、水で濡《ぬ》らした雑巾のようなタオルのようなもので体を拭いておしまいだった。

それがあまり気にならなかったのは、とにかく忙しかったせい、そしてそもそも薄汚れた服を着ているせい、宛がわれた寝床も清潔さとは程遠い有様で、気にするだけ無駄に思えたからだ。

それに自分ひとりが汚らしく見窄《みすぼ》らしい恰好であれば羞恥心も覚えただろうが、遠藤の姿は街の中に完全に紛れ込んでいる。遠藤と同じような恰好の人間ばかりだ。

（そもそも夢だったら、そんなこと気にしなくていいだろうし……）

酒場のある街は、雑多な印象の店と同じく様々な物品や人々で溢れ返っていた。

店で聞くともなしに客たちの会話を聞いていてわかったが、この辺りは大きな交易都市に向かう途中の宿場町のようなところらしい。人の行き交いが激しく、そのおかげで賑《にぎ》やかなようだ。

これも店で働いていたから、金の価値も何となく把握できた。酒場の給料は多分かなり少ない。日払いで、店の一食分に足りるかどうかというところだ。とはいえ食事も宿も着る物も店が支度してくれるので、遠藤の手許には店主にもらった二週間分の給金が丸ごと残っていた。

酒と男たちの汗の臭いに満ちた店とは違い、昼間の街はあちらこちらからうまそうな匂いが漂ってきている。腹が減った、と感じるのは、実に久々のことだった。

（やっぱりこの夢は、日本の設定じゃないんだな）

店先に並ぶフルーツは、どれも見たこともないような色や形のものばかりだ。酒場で見た料理も、日本食とは程遠く、かといって他のどの国のものとも思い当たらない。

薄々感じていたが、時代設定も現代ではない気がする。街の造り、人々の衣服、生活様式、すべてが遠藤の知る今の文明からは程遠い。電気は通っていないらしく、水道設備もない。水は井戸から汲《く》み上げるし、明かりは油を使ったランプでつけられ、料理は薪をくべるかまどと暖炉で行われていた。皿は陶器の他に木製のものも多く目につき、酒が注がれていたのも木のジョッキだった。

建物は主に石造り、地面は大通りは石畳が敷かれているが、少し逸れると土のまま、荷物も人も馬車で運ばれている。車や自転車のようなものは見当たらない。

(西洋の十七、八世紀並みっていうところか……?)

学生時代に社会科で習った程度なので、細部に自信はないが、文明レベルはその辺りではないだろうか。

街並みを歩きながら、遠藤は不思議な心地になった。海外の文学にも映画にも興味がなかったのに、世界観がそれらしく統一されている。なぜこんなに整合性の取れた景色なのだろう。夢なのだから、ときどき電車が走っていたり、会社が出てきたり、現代日本の道具が混じっているような支離滅裂さがあってもおかしくないだろうに。

(そもそも、どうせ夢に見るなら人間の住む街なんかじゃなくて、森の動物たちに囲まれるとか……せめて動物園の飼育係として生きているとか、そういう設定ならよかったのに)

そう思いつつ、間近を遠慮なく通り過ぎる馬車を見遣《みや》った遠藤は、車を引く馬の頭に妙なものが生えていることに気づいた。

「……角?」

まるでテキサスロングホーンのような、立派な角が生えていた。

改めて見遣ると、道を行き交う馬には、すべて左右に張り出した長い角が備わっている。もしかしたら馬ではないのかもしれない。遠藤が知っている馬よりも一回り小柄だし、脚が短い。見たこともない動物だ。胴が太くて、足音が力強く、頼もしい。

見知らぬ動物を目の当たりにできるのは、なかなかいい。遠藤は何だか気持ちが浮き立ってきた。

するとますます辺りから漂ってくる料理の匂いがおいしそうに感じられて、我慢できず、目に留まった食堂に足を踏み入れた。遠藤が雇われている酒場よりは小ぢんまりとしているが、昼時を過ぎているのに客がそれなりにいて、賑やかだ。

壁にメニュー表はあるが、読めない。耳から入る言葉は勝手に翻訳されるのに、目で捉えた文字はどう読むのか見当もつかない形だ。横書きで、強いて言えばアラビア文字に見えなくもないが、アラビア語がそこそこわかる遠藤にも何が書かれているのかさっぱりだから、似て非なるものでしかない。

仕方ないので、「銅貨三枚分で食べられる料理を」と注文した。これで一日分の給料がほとんど飛んだ。

やってきた骨付き肉とくず野菜を煮込んだスープと、米に似た穀物を大きな葉で包んで甘く蒸したらしいものは、少し濃いめの味だがとてもおいしかった。この夢の料理は大概うまい。酒場の料理も見た目はひどいが味はなかなかだった。現実世界で料理がうまいなどと思ったことはほとんどないのに、ここでは毎日口にするものすべてにそう感じるなんて、変な感じだ。

そして料理がうまいということが、こんなにも心の弾むものだということも、久々に思い出した。

ひとり黙々と料理を食べる遠藤の耳には、食堂の客たちの様々な話が飛び込んできた。荒くれ男たちばかり集まる酒場よりはまだ上品な会話だから、聞き取りやすい。

「今年もまあまあの収穫量だな」

「そうねえ、あれなら今年の分を城に納めた残りで、来年分まで備蓄ができるわね」

「王様の行いがいいおかげだよ、去年も今年も嵐は避けられて、干魃《かんばつ》もなかったし」

「ありがたいねえ」

この辺りは気候が穏やかで、土地にも恵まれているのだろう。王様、という言葉が口に上るのだからどうやら王政らしいのだが、税で苦しんでいる様子だとか、貴族の奢侈《しゃし》に憤る空気がまったく感じられない。戦争やら内紛やらもないふうだ。

人々は王様を尊敬して、作物の実りと山ほど採れる石炭と充分な狩猟の成果に感謝して、明るく暮らしている。

数世紀前の欧米というより、まるで御伽噺《おとぎばなし》の世界だ。為政者に不満がないのはともかく、酒場や大衆食堂で感謝の言葉しか聞こえないのは現実ならあり得ない。

城はここから馬車で三日はかかる場所にあり、大きな宮殿で暮らす王様は立派な人で、民に愛されている。

王様にはとても美しくて心優しい奥方がいて、賢い二人の王子と、とびっきり可愛らしい姫がいるようだ。

王様がよい行いをすると好天に恵まれる。今の王様はとても善良な方だから、何代か前の悪い王様の治世のように近隣の国と戦争を起こしたり、疫病が流行《はや》ったり、飢饉《ききん》に苦しむこともなく、民はおもしろおかしく暮らしている、と。

朗らかな人々の世間話を聞きながら、遠藤はひっそりと苦笑した。自分はそれほど疲れていたのだろうか。たしかに毎日仕事は忙しく、休む暇も寝る暇も惜しんでデータと向き合い、取引相手と会食をして、会議、出張、会議、出張、また会議、料理の味もわからなくなるほど疲弊して、こんな馬鹿みたいに平和な世界の御伽噺を夢見るほどに。

「西のユサの国の奴らは可哀想にな、俺たちの王様と違って、向こうの王様は強欲で冷酷だから、税の取り立てがどんどん厳しくなって、最近じゃみんな喰うにも困ってるらしいぜ」

「どうりで、去年から急に流れ者が増えたものね」

隣国はこの国と正反対に、苛酷な環境のようだ。遠藤が間違われたのも、おそらくそのユサという国から来た難民なのだろう。

「うちの国に来れば、日雇いの仕事でも喰うには困らんからなあ。優しい王様は余所者だろうと分け隔てなくお慈悲をくださる」

「でも西の国から来るってことは、あの怖ろしい山を越えてこなけりゃならないってことだろ」

「おっかねえな、俺なら考えたくもねえ。いきなり吹雪《ふぶ》いたり、嵐が来るってだけならともかく、西の山にはあの醜い獣が棲んでるんだから」

獣、という言葉に、遠藤はつい気を惹《ひ》かれた。後ろで食事をしている中年の夫婦者らしき二人組の会話に、こっそり聞き耳を立てる。

「ああ、あの化け物野郎。まったく、あの優しい王様から、何だってあんな野郎が生まれちまったんだろうね」

「そりゃあ、あの不貞な女のせいだ。王様は騙《だま》されたに違いないよ、きっと下賤《げせん》な男の血筋なんだ」

「怖ろしい牙と爪を持ってるって話だろう？　城から追い出してくれてほっとしたけど、この街は王都より西の山の城の方が近いから、万が一にも街に下りてきたら……」

「よせよせ、口にしたら本当になるぞ。まあ大丈夫だろ、きっと王様のまじないで、汚らしい獣は、決して山からは下りられまいよ」

「ならいいんだけどさ……」

そこまで話すと、夫婦は食事を終えたのか、店を出て行ってしまった。

遠藤はいつの間にか食事の手を止め、掌《てのひら》で口許を押さえていた。

もしや。もしや、この国では。この世界では。

（人が獣を産むこともあるのか……⁉）

獣のような性格の喩《たと》えかとも思ったが、あの夫婦は確かに、「全身毛むくじゃら」「怖ろしい牙と爪を持っている」と言っていた。

比喩ではなく、現実に、獣の姿をした人間がいるということではないだろうか。

その姿を想像してみる。直立している？　動物のように這《は》っている？　体中が毛に覆われて？　牙と——爪が——……。

「そんな……」

口許を覆う手が震える。

この夢を見出してから初めて、生々しく、強い衝動を感じた。

「そんなの——絶対、見てみたい……！」

興奮で、遠藤は全身の震えを抑えきれなかった。

◇◇◇

「獣の王子？　ああ、西山の城に幽閉されたっていう、バスティアン王子のことだろう」

酒場に戻り、開店の準備をする合間に年老いた仕事仲間に訊ねると、ひどく苦いものを口に入れたような顔でそう説明された。

「一応、三番目の王子ってことになるのか。あの豪傑の第一王子マチス様や、賢くてお優しい二番目のアルバン様とは、腹が違うけどな」

床掃除のモップをうわの空で動かしながら、遠藤は隣の老人を喰い入るようにみつめる。

「この国は、複数の相手と結婚できる制度がある？」

「ははっ、そりゃ山ほどかみさんが持てたら嬉《うれ》しいけどな、許されるのは王様とその兄弟だけだ。王様はたくさん子孫を作らなくちゃいけない」

国民は一夫一妻、王族の男子のみが一夫多妻制ということらしい。

「王族ってのは、特別な力を持ったお人たちなんだ、万が一にも跡継ぎがいなければ困るし、あちこちの領地を治める賢くて強い主《あるじ》だって大勢必要だろ？」

「なるほど」

相手の口振りからして、どうやら王族というのは、一般の国民とは違う『特別な力』があるために、尊敬を集める存在のようだ。

「バスティアン王子の母親は、まあ形ばかり王様の正妃ってことになっちゃいるが、本当に望まれて嫁いでらしたのは側妻《そばめ》のイレーネ様だ。余所者の王妃とは嫌々結婚したんだよ。俺が子供の頃に戦争して以来、何かと仲の悪い国の姫様でな。イレーネ様と王様や王子たちが仲睦《なかむつ》まじく暮らしている中を、のこのこやってきて」

人質、のようなものだろうか。政略結婚で嫁いできた正妃の子供が、バスティアンという王子。

「王妃だって、敵国の王との婚姻なんて、嫌々だったんだろう。体が弱いとか何とか言って、ろくに公務にも顔を出しゃしない。その代わりを、ずっとイレーネ様がやってたんだ」

王妃と言う時の老人の口調は、バスティアン王子の名を口にする時同様、どこか吐き捨てるような響きだった。

「俺たち国民は、俺たちの家族を殺した国の姫君のことなんてすっかり忘れてたさ。というかイレーネ様が本当の王妃だって思い込んでたくらいだ。突然、あの女が息子を産んだなんて言い出すまではな」

仮にも王妃を、堂々とあの女呼ばわりだ。その女性は相当国の人々から嫌われているということらしい。

「王様は、王妃なんて相手にしてない。どこの男を咥《くわ》え込んで作った子やら知れたもんじゃねえよ」

「その、『獣の王子』というのは――」

王室スキャンダルなんて、正直どうだっていい。

床のモップ掛けをしていた手を止め、遠藤はつい老人に向かって前のめりになってしまう。

「どういう意味ですか、獣の姿をした子が産まれたってことですか？」

頭に浮かぶのは、あのホワイトタイガーの子供だ。二匹いて、動画の中では子供同士でじゃれ合ったり、母親に甘えて寄り添ったりしていた。

「いいや、産まれた時は人間だったらしい。ま、母親同様、公務で姿を見せることもないから、実際のとこどうだか知らないけどな。二年ほど前に、急な病だとか言って、西の山にある城に連れてかれたんだ。城に出入りしてる人間の話じゃ、実際のとこは病じゃなく呪いで、獣の姿に変わっちまったらしいぜ」

「……」

呪いときたか。これは本格的に御伽噺だ。

遠藤はもう夢なら何でもありだと割り切ることにして、「なるほど」と頷いた。

「後天的なものなのか……」

「魔術に耐性のある王族なのに、呪いを掛けられるってことは、やっぱりあの王子は不貞の子なんだろうよ。俺たちゃ、最初からわかっていたとも。もしかしたら敵国のスパイが潜んでいて、そいつと通じてたんじゃないのかってのが、街の噂だ」

「獣って、具体的にどんな姿なんですか」

王妃の悪口を語りたがる老人の言葉を遮り、遠藤はとにかく王子の情報を得たがった。遠藤の勢いに、老人は少し鼻白んだような顔になる。

「具体的にって……見たことがないから、俺は知らねえけどよ。ジュマみたいに醜い顔で、エゼルみたいな牙があって、オーガンドみたいに太い腕と爪があるとか、何とか」

言葉は通じるのだが、おそらく遠藤の知識にない名詞はそのままの響きで聞こえるシステムのようだ。ジュマもエゼルもオーガンドとやらも、どんな動物なのかさっぱりわからず、遠藤は焦《じ》れったい気分になった。

「しかしおまえからこんなに話しかけてくるなんて、珍しいなあ」

さらに訊ねようとしてから、遠藤は相手の言葉にぎくりとなって、慌てて口を噤《つぐ》む。

外国から逃げてきた難民という扱いで、この店に雇ってもらっているのだ。あまり流暢《りゅうちょう》に話しては怪しまれる気がして、普段はあまり喋らないようにしていたことを失念していた。

「まあ、このままいけば、バスティアン王子は廃嫡だな、獣野郎が王様になれるわけがねえ。だから跡を継ぐのはマチス王子だ。あの人が王になった方が、みんな喜ぶに決まってる。だからおまえも、罰当たりの獣王子のことなんてあんまり口にするもんじゃねえな、縁起が悪い」

この国では験担ぎや、天罰、因果応報が当然の如く信じられているようだ。

だからみんなが遠藤にも親切なのだろう。親切にすれば親切が返ってくる。人に冷たくすれば罰が当たる。

その割にバスティアンという王子についてはやけに冷たいのは、王妃が敵国から嫁いできた女性であり、不貞を疑われ、その因果が子に報いたと思われているからだろうか。

開店時間も近づいてきたので、話はそこでお終《しま》いになったが、遠藤はバスティアン王子のことがますます気懸かりになった。

（一日でいいから見てみたい……）

見られないから想像ばかりが働く。人が獣になったというのは、二本足で歩く着ぐるみのような感じだろうか。それとも、全身が獣そのままになって、しなやかに駆け回ったりできるのだろうか。

何にせよすばらしい。もしかしたら人の言葉を喋れるのでは、と想像したら、遠藤はまたぞくぞくと震えるほどの興奮を覚えた。

野生の動物を心の拠《よ》り所にしていたが、人と獣が混ざったものを想像してみたら、動物園にいる猛獣や動画の中にいる子虎の姿を眺めている時よりも、気持ちが昂《たか》ぶった。

獣人、人獣、どう呼ぶべきかわからないが、そういった類の生き物と意思疎通をして、寄り添って、腕の中で眠ることができたら。

美しい毛並みをブラシで繕い、「ありがとう」などと、感謝の言葉をもらえたら。

――考えるだけで、くらくらする。

（どうにか、その王子に会えないものだろうか）

遠藤は本気でそう願ったが、周囲の人間にさり気なく西の山に行く方法を訊ねてみても、全員から激しく制止された。

「西の山に行きたいって、もっと手当てのいい仕事がしたいってことか？　やめとけやめとけ、あそこはここらと違って急に気候が変わることが多いし、怖ろしい肉食獣が棲み着いてるんだ。

そのうえ城には獣の化物王子だろう、まともな奴が行くとこじゃない」

「ああ、高く売れる珍獣がいるからときどき命知らずが山に入っていくが、帰ってくるのは半分もいないんだぞ」

「給金の交渉なら、俺がおやっさんにかけあってやるからさ」

親切心で止められて、遠藤はそれ以上何も訊けなくなってしまった。

夢ならもう少し都合よく、最初からその西の山の城で目覚めるくらいのことがあったって、いいのに。

（……夢じゃ、ないのか？）

気を抜くと意識の表層に浮かぶ嫌な疑いを、遠藤は無理矢理また頭の奥底に沈めた。

◇◇◇

酒場で忙しく働く日々はそれからさらに続き、その間も遠藤のバスティアン王子に会いたい気持ちは募った。

それが唐突に叶うことになったのは、この世界で——いや、この夢で遠藤が目を覚ましてから、二ヵ月近くが経った頃。

「難民狩り……？」

不穏な言葉を酒場の店主から聞かされて、遠藤は給金を受け取る手を強張らせた。

店主の厳《いか》つい顔も、さらに険しくなっている。

「ああ、俺らはそう呼んでるんだけどな。ときどき、不法に国境を越えてくる人間を、国が取り締まるんだ。本来なら金を払って戸籍を手に入れなけりゃこの国で暮らせないが、そもそも金があったら祖国を逃げ出したりしないだろ。それがわかってるから、俺らはおまえみたいのをこっそり雇ってるんだが……」

「狩られたら、どうなるんですか」

「来た国に強制送還されるとか、どこかに連れて行かれて強制労働とか、噂は聞くけど、正確なところはわからん。何しろ国の難民狩りに遭って、帰ってきた奴はいねえからな」

遠藤の手に載せられた銅貨は、いつもの倍以上ある。

「王様も辛いとこなんだろう、恨んでくれるなよ。難民が増え続ければこの国が苦しくなっちまう。――国民を守ることについては世界一だと俺は思ってるが、そのためには冷酷な決断もできる方だってのも、みんな知ってるんだよ」

店主はさらに、大きな布袋を遠藤に押しつけてきた。

「ひとまず、別の街に逃げな。そのままどこかに居着いてもいいし、ほとぼりが冷めたらここに戻ってきてもいい。ただ最近は難民狩りが増えてるから、当分転々とした方がいいかもしれんな。まったく、あの獣野郎のせいで……」

「バスティアン王子が、関係あると？」

獣野郎、と吐き捨てるように店主が言う相手は、あの王子のことに違いない。遠藤は勢い込んで訊ねた。

「噂じゃ、ここ二年くらいの難民は、獣野郎の城に召し上げられてるって話だ。あんなところで働きたがるやつはこの国にいないから、余所者を連れてくしかないんだろ」

「城に行ける⁉」

身を乗り出す遠藤を見て、店主が目一杯眉間に皺《しわ》を寄せた。

「城ったって、王宮じゃねえんだ、わかってんのか？　――行けば、あの獣の餌にされるに違いあるめえよ」

「……！」

遠藤は、身震いを堪えきれなかった。

それを見て、店主が気の毒そうな顔になる。

「ほら、いいから、金と荷物持ってさっさと逃げな。難民が潜んでないか、明日にでも城からの使いが来るって話で……」

店主がそう言った時、乱暴に、閉店で閉ざしたはずの店の扉が開いた。

バラバラと複数の男たちが駆け込んでくる。

「店主！　ここに、隣国からの難民が雇われていると聞いたぞ！」

店主が舌打ちした。

「いえ、ここにいるのは遠縁の……」

愛想笑いで誤魔化そうとした店主を制止、遠藤は城からの使いらしき男たちの前に進み出た。

「私が、その難民だ。この人を騙して働いていたので、この人に咎《とが》はない。どうぞ、私のことはどこへなりと連れて行ってくれ」

できればバスティアン王子の城へ！

そう言いたいのを我慢して震える遠藤に、店主は自分を庇ったと思ったのか、感謝と同情の涙を浮かべていた。

遠藤はそのまま男たちに乱暴に引き立てられ、街の門の前に止められていた馬車に押し込まれた。

馬車はすぐに走り出し、男たちからはあれこれと素性やこの国に来た目的を聞かれたが、やはり遠藤は下手なことを言わない方がいいと判断して、黙り込んだ。寄る辺のない男だと思われた方が、絶対に、都合がいい。

「やはり、身寄りのない難民だな」

黙秘を続ける遠藤に、男たちは残酷な笑みを浮かべた。

「おまえを、この国の王子が住む城の下男にしてやる。ありがたく思うんだな」

大声で叫びながらガッツポーズをしたくなる衝動を、遠藤はどうにかこうにか我慢した。

2

「それじゃあ……わしは、ここまでだ」

案内役の老人が、無念そうに声を絞り出した。

城の手前、数百メートルといったところか。遠藤《えんどう》は無言で老人に頭を下げた。老人は頷き、遠藤に背を向け、来た道を戻り始めた。

遠藤は老人の背に「ありがとうございました！」と一声投げると、身を翻し、城へ向かって大股に歩き始める。

（どんな獣なんだろう）

自分を気の毒がる老人の手前、あまりにやついてはいけないと考えないようにしていたが、これで解禁だ。遠藤は急ぎ足で進みながら、想像の翼を拡げた。

（ベースは熊？　狼《おおかみ》？　いや、哺乳類って話があったわけじゃないし、爬虫類《はちゅうるい》かも？　クロコダイルか……できれば毛がある方がいいな。願わくは……虎っぽいといいんだけど。贅沢《ぜいたく》すぎるか？）

バスティアン王子の正確で詳細な容貌は、店主も店に来る客たちも、遠藤を狩りに来た城の人間も知らないようだった。おかげで妄想が捗《はかど》る。

（虎が、王子の服を着て……マントをつけたり……王冠を被ったり？　王子は被らないものか？）

子供の頃に観た、人間が野獣にされてしまった男の姿が、遠藤の脳裡《のうり》に朧気《おぼろげ》に蘇《よみがえ》る。

（テレビでやってたアニメ映画では頭がバッファローのようだったか？　図書館で読んだ英語の絵本では、イノシシに似ていた。そうか、まったく俺が知らない動物ってこともあるんだな、もしかしたら受け入れられない造形かもしれないことも、覚悟すべきか……）

一歩ずつ城に近づくたび、遠藤は冷えているはずの体が熱くなり、頬に血が上るのを感じた。

（いや、毛があれば。全身に体毛さえあれば、たとえどんな形でも充分だ。どうにか爬虫類系だけは回避してくれ）

ざくざくと新雪を踏みしだき、掻き分けて、進む。

（人の言葉は、わかるんだろうか。わからなくても、そもそもここの人たちの言葉だって俺の知るどの言語でもないのに、通じるんだ。意思疎通は叶うかもしれない）

遠藤は冷えた両手を、皮の手袋越しに握りしめた。

（……うまく交渉して、どうにか毛並みに触らせてもらえたり……、……抱き締めてもらえたりも……？）

その鼓動を間近に感じられるほど近くに寄り添って、ベッド代わりにさせてもらえないだろうか。

もし自分を食べるというのなら、最後にそれくらいのご褒美を、くれたりしないだろうか。

(どうせ夢だ。……いや、違うな。多分、死んだんだ、俺は)

さすがに自分を誤魔化そうとしても、もう誤魔化しきれなかった。

夢にしてはあまりに長すぎるし、連続性がありすぎる。覚める気配もない。かといって現実とも思えない。

少なくとも遠藤の知る世界、時代、そのどこでもない場所だ。

なぜ自分がここにいるのかわからないが、理性というよりは感覚的に推測できるのは、「自分はもう元いた世界で元どおりに暮らすことはできないのだろう」ということだ。

それから——「別に、帰りたくもない」ということ。

知り合いもいない場所で、二ヵ月間、平気で生きてきた。

寂しくもなかったし、惜しむ物もなかった。会いたい人の顔はひとつも思い浮かばなかった。

やり残した会社のプロジェクトは多々あるが、立ち上げたものはすべて自分が抜けた後でも回るよう準備してある。水面下で動かしてきたものは自分がいなければ頓挫するだろうが、本格的に動き出す前のものであれば会社の不利益になることもなく消えていくだけだろう。

あの兄が次期社長になれば、会社はそのうち傾いてしまうだろうが——正直、どうでもいい。

(くだらない人生だったな)

死んだあと、今後得るはずだった利益を惜しんでくれる相手はともかく、遠藤自身を失って悲嘆に暮れるような人の顔は思いつけない。家族を含めても。

遠藤自身、二度と会えずに悲しいと思える存在は、何もない。

ただひとり、あの友人には、トラックから自分を助けようとしてくれた礼を一言くらい言えたらよかったとは思う。

でもまあ永野《ながの》なら、わざわざ口に出して言わなくても、わかってくれただろう。

(だからここで獣の王子に喰われて、改めて終わったっていい)

トラックに撥ねられて実感もなく死ぬよりは、獣に抱かれて喰われて死ぬ方が、気が利いている。

そう考えたら、むしろ軽やかな心地にすらなってきた。長い間感じていた体中の重苦しさから解放され、清々《すがすが》しい気分だ。

「よし、喰ってもらうぞ……！」

決意を固めて進むうち、ようやく巨大な門の前まで辿り着いた。

城の外壁と同じく、白亜の門。雪が降り積もっているのかと思ったが、門自体が真っ白だ。

門の向こうにあるのは、ずいぶんと荒れた雰囲気の前庭だった。門番の姿もない。庭の木々は雪に埋もれ、かろうじて見える枝は枯れて奇妙にねじれ、当然ながら花のひとつも咲いていない。

自分の身長の二倍以上ありそうな門を、両腕で押し開ける。耳が痛くなるようなひどい音がした。錆《さ》びきっている。

門から城の入口まで、さらに百メートルほどあった。足跡はひとつもない。雪を掻いた形跡もない。

少し進むと、石造りのアーチのある場所に入った。壁はなく、ここも庭の一部らしいが、石畳はひび割れ、乾ききった木の枝と葉が散乱し、両脇の生け垣らしきものは痩せてどす黒くなり、下生えも枯れて灰色になっている。

ひゅるる、ひゅるると、不気味な風の音が響いていた。

御伽噺の華やかな城というイメージからは程遠い。

(召使のようなものはいないのか?)

仮にも一国の王子の住まいであれば、いかに嫌われ者であろうとも、門番や庭師などがいて当然な気がするのだが。

(まあ、城の様子なんてどうでもいい。肝心なのは、獣本体だ)

異様に寂れた佇《たたず》まいであることは気にせず、遠藤はどんどん進んでいった。

ようやく城館の入口へと辿り着く。遠くからも見えていたのでずいぶんと巨大な城のような気がしていたが、思ったよりは小さな建物だった。大きく見えたのは、山道の上に建っていたせいだろう。

小さいといっても、低いところでも三階分あり、中央部分と左右は塔のようになっていて、もう一段階高いところに屋根がある。端から端までざっと見て五十メートルはありそうだし、奥がどうなっているのか遠藤からは見えない。王子ひとりの住処《すみか》というのであれば、充分すぎるほどの広さに違いない。

城館も石造りだった。外門やアーチよりももっと白く、円柱や窓の造形にはおそらくこの世界の神々らしき者の姿、木々や花などの自然物が彫り込まれたりと、それなりの意匠が凝らしてあり、華美ではないが作り手の美意識のようなものが感じられる。

ただ、ここもまったく手入れがされていないらしく、元は純白だったであろう石がすべて黒ずみ、所々崩れかけている。何だか勿体《もったい》ないと、さして建築物に興味のない遠藤でも思ってしまうほどだ。

城館の扉は遠藤の背丈の軽く二倍はあり、分厚い木でできていた。大きな鎖のついたノッカーがあったので、その鎖を摑んで音を鳴らしてみたが、しばらく待っても誰も出迎えに来ない。

許可を得ずに入るべきではない気がしたが、寒さが限界だったので、遠藤は思いきって扉に肩を当て、力いっぱい押してみた。見た目通りかなり重たかったが、中から閂《かんぬき》のようなものがかかっているということもなく、苦労はしたがどうにか開くことができた。

主の護《まも》りを担うべき城なのに、こんなに簡単に侵入できてしまっていいのだろうか……と首を捻りつつ、遠藤はその中へと身を滑らせる。

城の内部は火も入れられておらず、ひどく暗くて、そして寒い。

扉の左右に大きな窓、それに吹き抜けの天井の方に明かり取りの小窓がいくつかあるおかげで、どうにか辺りの様子はわかった。だだっ広い広間の奥の左右に螺旋《らせんじょう》状の階段。金満家である遠藤の父の家と同じような造りだが、当然ながらこちらの方がはるかに大きい。だが敷かれた絨毯《じゅうたん》は、元は鮮やかな赤と金だっただろうに、土埃《つちぼこり》で灰色になっていた。

外の様子と併せて、本当にここに誰か棲んでいるのだろうか、廃城なのではと疑わしくなってくる。

「……ごめんください？」

城に入ってどのような挨拶をすればいいのかわからず、遠藤はとりあえず遠慮がちに階段の上の方に向けて声をかけてみた。自分の声が城の中でうつろに響いて、気味悪く感じる。

「街の方から来た者です、どなたかご在宅ではありませんか！」

思い切ってもっと大きな声を出してみるが、やはり誰も姿を見せず、物音もしない。返事を待たずに中に入っていいものか、そもそもこの広い建物のどこに向かうべきかもわからず、遠藤はその場で立ち往生してしまった。

それにしても寒すぎるので、とにかく入口付近からは離れようか。

そう思って動きかけた遠藤は——階段の上に、大きな影があることに気づいた。

「……！」

言葉を失う。

明かり取りの窓から降りかかるわずかな光が、「それ」の姿を暗い階段の上に浮かび上がらせている。

百七十五センチという日本人男性の平均的な身長を持つ遠藤自身よりも、はるかに大きく見える体。

頭部は驚くほど大きく、肩幅も、腕や脚も、胴回りも、信じがたく太い。

靴は履かず、フロックコートのように長い上着と長ズボンを身に纏《まと》い、首元にスカーフを巻いている。

そしてその服から出た部分すべてが――真っ白な体毛に覆われていた。

白い毛並に、灰色が混じった黒い線条の模様が走っている。

「……あ……」

喘《あえ》ぐように、遠藤は小さな声を漏らした。

相手の姿から目が離せない。

二本足で直立していたが、「それ」は人間の姿をしていなかった。

顔は体と同じく白地の毛に、黒い模様が、腕などよりも細かく浮かんでいる。

大きな鼻面。立派な髭。大きく裂けた口。深い青の瞳。頭の上には、丸い耳。

「……ほ……」

言葉にならなかった。遠藤の両目からは勝手に涙が溢れた。嗚咽《おえつ》を漏らさないよう、両手で

口を押さえる。

(ホワイトタイガー……⁉)

白い虎。美しい獣。動物園で産まれた子虎を動画で見守るのが癒やしだった。あの虎が。あれとそっくりな生き物が、両脚で立ち、服を着て、じっと自分を見下ろしている。

「……ふん。怯《おび》えて、声も出ないか」

低い声が、空気を震わせるように届いた。一瞬咆吼《ほうこう》のように聞こえて、言葉を喋っているのだと気づくまでに時間がかかった。

「……うぅ」

遠藤も低く呻《うめ》くと、その場に頽《くずお》れるように膝をついた。

冷たい青い瞳が、階段の上からそんな遠藤を見据えている。

(何て……美しい生き物なんだ……)

子供の頃に初めて間近で虎を見た時を超える衝撃だった。

遠藤が知っている、憧れて何度もみつめてきた生き物とは、似ているがまるで違う。

そもそも二本脚で直立しているということは勿論《もちろん》、人型に近い立ち姿なのに、頭部は完全に獣、腕や脚の関節は人間のようにまっすぐに繋《つな》がっておらず、その絶妙なバランスが素晴らしいし、何より純白の毛並みに鮮やかに描かれる黒い模様は、他に喩えようもなく綺麗《きれい》だった。

その模様のせいか、憤怒の形相にすら見える顔立ちは怖ろしく、やはりどうしようもなく美しい。

「涙までこぼすとは、これはまた懦弱《だじゃく》な男が来たものだ」

再び咆哮のように聞こえる獣の言葉で、遠藤は自分が泣いていることに気づいた。

バスティアンは遠藤が自分の姿を目の当たりにした怖ろしさのあまりに腰を抜かし、泣き出したと思っているらしい。

だが、違う。

遠藤は相手の美しさに圧倒され、そしてその姿を目の当たりにした感動で、涙が止まらなくなっていた。

（……好きだ……）

他に、この感情を言い表す言葉がみつからない。好きだ。大好きだ。綺麗だ。最高だ。自分の語彙のなさに遠藤は腹が立った。

すべての言葉を尽くして獣を讃えたいのに、ただ震え、へたり込むことしかできない。

（あの毛並みに、触れたい。顔を埋めたい）

これほど何かを渇望することは、遠藤の人生において初めてのことだった。

（あの獣に食べられて死ねるなら、俺の人生はそう悔やんだものでもないのでは……？）

本気で、そう思った。

言葉もなく喘ぐような呼吸を繰り返す遠藤をしばらくじっとみつめたあと、バスティアンは不意に背を向けた。

「私が望んで呼んだわけではない。勝手にしろ」

それだけ言うと、白い獣は降りてきた階段を戻って再び上階へと姿を消してしまった。

広間に、遠藤だけがぽつんと取り残される。

どうやらバスティアンは、遠藤を今すぐ餌にするつもりがないらしい。期待していただけに、ひどく落胆してしまった。

(勝手にしろ、と言われても……)

一応は、「バスティアン王子の身の回りを世話する下男」として、城に呼ばれたのだ。

それに、あの獣の毛並みに一度でいいから触れさせてもらえるまで、ここから離れる気が起きない。

(他に行くところもないしな)

街の酒場には戻れないだろう。遠藤が難民狩りにあったことは皆に知れ渡っているだろうから、戻れば店主に迷惑がかかる。第一、案内もなくこの山を麓までひとりで下っていける自信が、遠藤にはなかった。

とりあえず——と遠藤はバスティアン王子と出会った衝撃で震えたままの膝を叱咤《しった》して、どうにか立ち上がった。

寒いし、それに腹が減った。暖かい部屋と食べるものを探そう。他人の住処だと思えば歩き回るのは少し気が引けるが、勝手にしろと言われたので、そうさせてもらうことにする。

骨に沁《し》みるような寒さに震えながら、遠藤は城の中を歩き出した。二階にはバスティアンが戻って行ったので、何となく、自分は行かない方がいい気がする。召使が歩き回っていいのは、多分一階部分だ。

城の内部は、外や広間と同じく、ろくな手入れがされず、埃にまみれていた。壁の石が崩れかけているところもある。廊下の片側は天井まで続く高いはめ込み窓になっていたが、日がどんどん落ちて差し込む光が薄くなっていくため、遠藤は途中から手探りで廊下を進まなくてはならなかった。

部屋はいくつもあったが、どこを覗《のぞ》いても明かりのついている場所はない。目を凝らして見ても、空き部屋だったり、物置部屋だったりで、どれも使われている形跡はなかった。せめて毛布の一枚でもあればありがたかったのだが。

凍えながら廊下の端まで辿り着いた時、一番奥の部屋を覗き込んで遠藤はほっと息をついた。キッチンだ。酒場よりも広々していたが、かまどや壁に作り付けられた暖炉、調理台などの形はそう変わらない。

暖炉もかまども火は完全に落ちていた。遠藤は酒場で働いていた日々を心から感謝しながら、燧《ひうちいし》石と燧《ひうちがね》金を手に取り、火口の上で打ち合わせて火種を作ると、付け木を使って暖炉の灰に火を移した。

辛抱強く待ち、ようやく暖炉に赤々とした火がついた時は、ほっとして床に座り込んでしまった。

かじかんだ手を暖炉の火で温め、ひと心地ついてから、かまどにも火を移す。甕《かめ》に水が溜《た》まっていたのでそれを鍋に取り、湯を沸かすうち、キッチンの中はどんどん暖かくなっていった。戸棚を漁《あさ》ると、茶葉らしきものの入った缶をみつけた。匂いは飛びかけているが、湯を入れてみると充分おいしいお茶になった。

さらにキッチン中の棚や箱を探ると、腐った後に乾いたらしき無残な葉物野菜と、芽は出ているがどうにか食べられそうな根菜、穀物や木の実などが次々出てくる。

本当に、本当に、酒場で働いていてよかった。それまで遠藤は自分で料理など作ったことがなかったのだ。子供の頃はスナック菓子とパンと給食で生きていたし、中学からは黙っていても食事が目の前に並ぶ生活だったから、包丁一本握ったことがない。

酒場でも調理は一切任されていなかったが、とりあえず鍋に何かしら食材をぶち込んで、調味料を入れて煮込めば、食べ物ができることくらいはわかる。

沸いた湯の中に穀物を入れ、皮を剝いた野菜を刻んで加えていく。多分にんじんやタマネギ、ジャガイモのようなものだろう。似て非なるものなのかどうか、そもそもそれらの食材をまじまじ見たこともない遠藤には自信がなかった。

煮えるのを待つ間に、並んだ瓶に入っている調味料らしきものも、適当に入れてみる。なぜかどんどん赤茶色になっていったが、酒場でも見た目はひどいが味はなかなかというメニューがあったので気にしない。

そろそろいいかな、と皿を探すためかまどの前から振り返った時、遠藤はキッチンの出入口に直立した巨大な獣がいることに気づいてぎょっとなった。――バスティアン王子だ。

王子は相変わらず怖ろしげに見える顔で、じっと遠藤のことをみつめている。物音がしたので不審に思ってやってきたのだろうか。それとも。

「何か……食べますか？」

いよいよ空腹で、自分を食べに来たのだろうか。

さすがに「俺を食べますか？」とは聞けず、遠藤はどきどきと高鳴る胸を悟られぬため、息を潜めるように訊ねた。

獣は喉の奥で唸《うな》ったようだった。

「何をしている」

遠藤の問いには答えず、彼からも質問してきた。

「お茶と、食事を……あっ、食材や調理場を使うのはいけなかったでしょうか？」

「勝手にしろと言っただろう」

少し苛立《いらだ》たしげに、獣の目が細まったように見える。

キッチンを無断で弄《いじ》るのが悪いことでないのなら、彼は一体何に苛立っているのだろうかと、遠藤は困惑した。

「それでは、ええと、あなた……も、やっぱり食事かお茶を？」

「……帰っていいと言ったつもりだったんだがな」

「え――」

ぽつりと呟くような声に、遠藤は彼が苛立っているのではなく、自分と同様に戸惑っているのだと、不意に気づいた。

「今までここに来た者たちにも、そう言った。おまえもどうせ、身寄りのない他国の人間なのだろう」

くつくつと、かまどの上でスープが煮えている。火の爆《は》ぜる音。それを掻き消すこともなく囁《ささや》かれる王子の声は深く、それに諦めの色を含んでいるように遠藤には聞こえた。

「ひ弱な人間の脚で山を越えるのは無理だろうが、最初は南に向けて大きく迂回《うかい》しながら下れば、そのうち国境を越えて北の国に出る。この国やユサの国と違って、北のケイラは難民の保護も手厚い。最初から、そちらへ行けばよかったものを」

王子はどうやら、遠藤にここから出て行ってほしがっているようだ。

身の回りの世話をする下男、ましてや餌になる人間なんて、彼自身は求めていないのだろうか。

「食料や必要なものは好きに取っていけ。……ただし、この城に来たことも……俺のことも、決して人に話すな。利用される」

「利用？」

「とにかく、出ていけ」

それで言いたいことは言い終えたとばかりに、バスティアンは遠藤に背を向けて去っていってしまった。

◇◇◇

出ていけとは言われたが、遠藤はスープを食べたあと、かまどの火を落として、すぐに暖炉の前に丸まって眠ってしまった。険しい山道を登ったせいで、すっかり疲れ果てていたのだ。

暖かな火のそばで眠ったせいか、バスティアンの毛並みに埋もれてぬくぬくと眠る夢を見た。

朝になって目を覚ました時、妙にすっきりしたというか、腑《ふ》に落ちた気分で、「やはりここは現実なんだ」と思った。夢の中なら夢を見ない。ここが遠藤の現実。

そうであることが猛烈に嬉しい。

「バスティアン……」

溜息混じりにあの美しい白い獣の名前を呼んでから、遠藤は自分の体に毛布が掛けられていることに気付いた。

それに、疲れのせいか随分と長い時間眠っていた気がするのに、暖炉の火が途絶えず、まだ赤々とした火が燃えていることにも。

「……」

遠藤は丁寧に毛布を畳み、暖炉の火に薪《まき》をくべて大きくし、かまどにもその火を移した。湯を沸かしてお茶を淹《い》れつつ、ゆうべの残りのスープを温め直す。

湯が沸かせるのなら風呂に入っても構わないだろうか、水は甕にたっぷりあるし、何なら外の雪を溶かしてもいいし……と思案しながら茶を飲んでいると、キッチンに昨日同様、大きな影が現れた。

バスティアンだ。遠藤は咄嗟《とっさ》に、舞い上がった気分で座っていた床から立ち上がった。

「お……おはようございます！」

家族にも会社でもここまで元気に挨拶したことはない、というほど元気よく、遠藤は声を張り上げた。

バスティアンは遠藤の挨拶は無視して、険しい眼差しを向けてきた。

「毒でも作っているのか？」

「え？」

遠藤はバスティアンに問われた言葉の意味がわからず、首を捻った。

バスティアンが、遠藤の背後にあるかまどに視線を移した。

「すさまじい臭いだ。寝室にまで臭ってきた、ゆうべも」

声は低い唸り声と共に聞こえた。バスティアンの警戒心が、いやというほど遠藤にも伝わってくる。

「誰に頼まれた。よほど強烈な毒を抽出しようとしているようだが、残念ながら私の鼻は人間の何倍もよく利くんだ。何しろ獣だからな」

最後の言葉は自嘲の響きに聞こえた気がする。

遠藤はひたすら恥じ入って、顔から火が出そうな思いで、俯《うつむ》いた。

「一応、自分用の食事をと」

「……何？」

「料理をしたことがないので。手当たり次第に食材や調味料を入れたら、食べ物とは思えない臭いと色になってきたので、どうにかリカバリーしようとすればするほど深みにはまったというか」

自分でもわかっていた。というか、ゆうべ実際口にした時点で身に染みていた。遠藤には調理の才能が致命的にない。いや、足りないのは経験だと思いたいが、それにしても、ひどいものを生み出してしまった。

「勿体ないのでちゃんと全部食べます。臭いは……申し訳ない、なるべく早く食べきるので」

そうか、昨日もバスティアンがキッチンに現れたのは、自分の作り出してしまった料理のひどい臭いに気づいたからか。遠藤は今さら得心がいった。彼が城内のどの辺りにいたのかはわからないが、獣の姿ならば、普通の人間の数倍、下手をしたら数十倍鼻が利くだろう。遠藤だって間近で嗅ぐとなかなか辛いもののある臭いなのだ。バスティアンがこれを毒だと勘違いしても、致し方あるまい。

恥ずかしさに俯いたままだった遠藤は、バスティアンから何の返事もないことを不審に思い、おそるおそる顔を上げた。

バスティアンは妙な表情をしていた。怖い顔なのは変わらないのだが、眼差しや、眉の辺りにある模様が、ほんのわずかに変化している。

それはおそらく、困惑、と表現するのに足る変化だ。

「……食べるのか？　それを？」

「勿論。作った責任がありますから」

やはり困惑の滲《にじ》んだ声音で訊ねられ、遠藤はバスティアンに向けて頷いた。

この世界で目が覚めてから、遠藤は食べ物や金銭のありがたみというものをひしひし感じていた。父に引き取られてからは勿論、母と暮らしていた頃も養育費で生活が一応は成り立っていたので、遠藤が金のない辛さを実感したことはない。父の家を出てからだって、貯金残高を気にしたこともない。当たり前のように手許にあった金、面倒だと思っていた食事、手入れは人任せの着心地いい洋服や使い心地のいい車、家やホテルの部屋、それらすべて、手に入れるための労働がどれほど大変なのか。

ゆうべ使った食材を今の遠藤が買うために、酒場で何日働かなくてはならないのかを考えると、どんな料理でも無駄にする気は起きなかった。

バスティアンは王族だというのだから、それこそ以前の遠藤のように当たり前のように手にしているものかもしれないが、だからといって遠藤が簡単に使って簡単に処分してしまっていいわけがない。

「……死ぬのでは？」

しかしバスティアンは重ねて遠藤に訊ねてきた。遠藤はぐっと言葉に詰まる。

「し……死ぬことまでは、さすがに、ないと……」

そこまでひどいとは思いたくないが、絶対大丈夫と言い切れる自信も出てこない臭いだ。

「ふむ」

ひとつ呟くと、バスティアンがキッチンの入口から中へと、歩を進めた。

すたすたと、決して人間ではありえない軽やかでしなやかな歩みに、遠藤はみとれる。足音がないのは、肉球があるからだろうか。見たい。ぜひ見たい。しかし頼み込むのは失礼に価するだろうか。

迷っているうち、バスティアンは件《くだん》のスープの鍋がかけられたかまどの前まで進んでいた。そんな近くで臭いを嗅いだら、気分が悪くなるのではと遠藤は不安になる。実際、バスティアンはぎゅっと目を瞑《つむ》って鼻を持ち上げるように口を開き、舌を出すという、つまりはフレーメン反応を起こしていた。動物が臭いに反応した時になる生理現象だ。

「しかし、ひどいな」

「……申し訳ありません」

自らの手落ちを指摘されて小さくなるなんて、いつ以来のことだろう。遠藤は自分に無能さを叱責された部下もこんな気分だったのだろうか——などと思いつつ、再び俯いた。

バスティアンは低く小さな声で唸っている。威嚇でもしているのか、とそっと遠藤が目を上げてみると、彼は人とは違うが獣よりもはっきりと独立して長い指を持つ手を、鍋の上にかざしている。

(何をしているんだ?)

唸り声は断続的に続いている。バスティアンは目を閉じていた。

しばらくそうやってから、二分か三分か経った頃、ようやく手を下ろして目を開く。

「これで、生き物の食事らしくなった」

「え?　……あれ?」

バスティアンの呟きを聞いて、遠藤は気づいた。先ほどまでキッチン中に漂っていたあのひどい臭いが、ずいぶんと、薄れている。

「なぜだ……!?」

「悪臭の元になる成分を解析して、いくらか消した。すべては除き切れなかったが、少し苦労すれば呑《の》み込めるくらいにはなっただろう」

「――」

一体、どうやって。バスティアンは当然のような口調で言ったが、彼が鍋に何かを入れたり、抜いたりする様子はなかった。触れもせずに、なぜそんなことができるのか。

（まさか……ま……魔法……？）

御伽噺のように感じられるこの世界だったが、遠藤が魔法と呼べるようなものに出会ったことは、一度もない。

だが、以前に酒場で老人が話していた、王族についての言葉を思い出す。

『特別な力を持ったお人たちなんだ』

王族だけが、特別な魔法を使える存在だというのだろうか？

「それを飲んだら、ここを出ていけ」

魔法に対する驚きと疑問でいっぱいの遠藤に、バスティアンは素っ気ない言葉を投げた。

「夜のうちに雪山を行くのが嫌だったんだろうが、今日はよく晴れている。当分嵐もないようだから、今のうちだ」

遠藤の返事など待たずに、バスティアンはキッチンを出ていってしまった。

（あの人……あの獣……？　は、やはり、俺にここにいてほしくないんだろうか）

態度や言葉からして、それ以外には考えられなかった。少なくとも歓迎はされていない。

そのくせ、遠藤がこの毒と間違われるような食事を口にできるよう、魔法らしきものを使ってくれる。

本気で目障りで、いられると迷惑なら、このまま叩き出してもいいはずなのに。

(とりあえず……食べるか)

せっかくバスティアンがあのひどい臭いを消してくれたのだ。遠藤はスープを木の器に移し、床に座り込んで、スプーンで掬《すく》って口に運んでみた。

「……うん。うまくはないな」

臭いやその元になる何かを消してくれただけで、旨味《うまみ》が増したわけではなかった。

それでも充分ありがたくて、遠藤は腹一杯になるまで、スープを口に運び続けた。

◇◇◇

それにしても、キッチンは荒れている。長い間使われることがなかったのだろう。何年、あるいは何十年も前に放り出されてそのまま、という風情だった。

バスティアンが獣の姿になったのは、酒場の老人曰く「二年ほど前」だったはずだ。仮にも国の王子が暮らす場所なのに、誰も手入れをせずに彼を迎えたのだろうか。

（しかも、誰かが使っている形跡もない）

もしかしたらここは古いキッチンで、新しいキッチンが別にあるのかもしれない。

そう思いついて、遠藤は城の中を探索することにした。

他に働いている下男なり下女なりがいれば、バスティアンについて何か話が聞けるかもしれない。普段どんなふうに暮らしているのかとか――。

（まず掃除をする人、食事を作る人、洗濯をする人、庭の手入れをする人、馬や馬車があればその手入れをする人、あとは家老……じゃないな、洋風なら執事か？）

この規模の建物に必要な人間を、頭の中で仮に数えてみる。遠藤の父の家にも、数人の家政婦と車の運転手がいて、庭師など出入りの業者も複数いた。都内なので家政婦ひとり以外は通いだったが、この城に日常的に通うのは難しいだろうから、ほとんどが住み込みだろう。

あの荒れた庭の様子を見ると、庭師のようなものはいないのかもしれないが、バスティアンの身の回りの世話をする者は必要に違いない。

（あの手では、自分で掃除や洗濯をするなんて難しいだろうし）

バスティアンの手は、遠藤の知る獣と比べれば人らしく長い指があったが、何しろ爪が鋭い。細かい作業には向いていない気がする。

それにそもそも、王族が自ら家事だの城の手入れだのをするとも思えない。いくら、異形となり、こんな雪山の中に追い遣られているとしても。

（幽閉、って言われてたよな）

老人はそんな言い方をしていた。幽閉ということは、バスティアン自身は城の外の人間と交流を持てないのだろうか。だとしたらやはり、城に他の者がいるはずだ。庭は枯れても生きていけるが、食料や日用品がなくては暮らしが成り立たない。それを運び込んだり、手配をしたりする人間は必要なはずだ。

キッチンを出ると、廊下はそれなりに明るかった。ちょうど、朝の陽射しが廊下の中庭側の窓から射し込む造りらしい。

昨日よりはよく見える城の中を眺めながら、遠藤は目につく部屋をいちいち覗いていった。やはり昨日同様、誰もいない。かつて遠藤の通っていた、一学年につき六学級分の教室がある小学校の校舎くらいは広さがあるはずなのに、廊下の端から端を歩く間、人の姿は一切見えなかった。

（もしかしたら、別棟があるのか？）

小学校の校舎くらい、と頭に浮かべて気づいた。昨日、正面から見た時にはわからなかったが、城ならば本館の他に別館だの、離宮だのがあるかもしれない。

廊下の突き当たりに小さな扉があったので、身を屈めながら外に出てみると、やはり城から少し離れたところに平屋の建物が見えた。城に比べれば小さく見えるが、ゆうに一家族以上暮らせそうなサイズだ。煙突があって、その頭から煙がゆらゆらと空に立ちのぼっている。

あそこが使用人たちの家なのだ。そう見当をつけて、遠藤は建物に近づいた。

「誰かいますか！」

煙突から煙が出ているのだから、誰かしらが中で暖炉なりかまどなりを使っているのだろう。そう思って扉の前から声をかけてみたが、返事がない。

首を捻りつつ、建物の裏手に回る。洗濯物が干してあった。シーツ二枚に、男性と女性両方の服。数人がここで寝起きしているに違いない。

ドアを叩いてみるか迷っていると、そこから恰幅のいい中年女性が出てきた。洗濯籠を抱えている。女性は遠藤を見てぎょっとしたように目を見開いたが、すぐに得心がいったのか、軽く頷いた。

「もしかしてあんた、新しく来た、え……世話係かい？」

餌。女性はそう言おうとして、言い直したようだった。

問い返すまでもなく、バスティアンの食料という意味だろう。

「ええ。他に誰かいるなら、いろいろ話を聞いておこうと思って」

女性はひどく落ち着きのなさそうな、そしてどこかしら迷惑そうな雰囲気を醸し出している。

「話ったって……あんたは何もせず、あの獣の部屋に行けばいいんだよ」

あの獣。

その呼び方と、憎々しげな響きに遠藤は驚いた。

街の人なら、権力者に対して口さがなくても仕方がないとは思う。だが彼女はバスティアンに直接仕える身ではないのだろうか。

「どういう役割分担なのでしょうか。もし俺がやることがあれば、教えてもらえませんか」

「ないよ」

素っ気なく言って、女性は洗濯籠を抱え直し、物干し台の方へ歩いて行く。遠藤は戸惑って、その場で女性を視線だけで追いかけた。

「可哀想だけど、あたしらにもあんたのことはどうにもできないから、頼らないでおくれ」

女性の口振りからして、世話係というのは名前ばかりで、『餌』はその名のとおりバスティアンの食事としての役割しか持っていないようだ。

バスティアンはこれまで来た『餌』の人間を城から逃しているようだが、彼女はそれを知らないらしい。ということは、バスティアンも知られたくない、少なくとも積極的に教えるつもりはないのだろう。

「こっちだって、いつあの獣野郎に襲われるか、怯えて暮らしてんだ。まったく、せっかく下働きとはいえお城勤めに潜り込めて暮らしぶりも楽になると思ったのに、こんな城であんな獣の下女にされるなんて、ついてないよ。ああ本当に、――、――」

ずいぶんと愚痴っぽい口調で言った女性の最後の言葉は聞き取れなかった。街でも聞いた覚えのある響きだ。おそらく、この世界の神のようなものに祈るか、もしくは罵る言葉だろう。

遠藤は開きっぱなしのドアをそれとなく覗いて、中の部屋で数人の男女が怠惰な風情で椅子に凭れ、居眠りしたり、お茶を飲んだりしている姿を見た。すべて城に仕える下男下女なのだろう。

「バスティアン王子の身の回りのことや食事の支度は、すべてあなた方がやっているんですか？」

女性含めて五名、奥にもっと部屋があるようだからもう少しはいるだろうが、この規模の城に対しては少なすぎる人員だ。

女性が、ハンと鼻先で嗤った。

「誰もあいつの世話なんかしちゃいないよ、近づくのだって怖ろしい。まあ王城から届く荷物は広間までは届けてやるけどね。洗濯だって、獣の毛だらけの服なんて洗ったところで臭いも落ちやしない、薄気味悪いから洗わずに燃やしてやるのさ」

自分の仕える相手に対して、女性は嫌悪感を隠そうともしない。さすがに遠藤は、気分が悪くなってきた。

「何だ、誰か来たのか？」

遠藤と女性の話し声に気づいて、今度は中年の男性が外に出てきた。彼は遠慮のない視線でじろじろと遠藤を上から下まで見て、大きな溜息をついた。

「何だ、今度は男か。ずいぶん変わった風体だが、どこの難民だ？　自分がこれから獣に喰われっちまうことなんて、全然わかってねえって顔だな」

男は遠藤を言葉のわからない『難民』だと思ったようだった。おそらく遠藤の前にやってきた『餌』は、そういう人たちだったのだろう。

「ちょっとあんた！　この人、言葉はわかるのよ」

女性に睨《にら》まれると、男が慌てたように遠藤に向き直った。

「えっ、そりゃあ……いやいや、気のせいだ、おまえの聞き違い、餌なんて俺は言ってないから大丈夫だ、な？　逃げたりなんてしないでくれよ、こっちが餌にされちまう」

焦って喋れば喋るほどボロを出す男を、遠藤は見返した。

「自国の王子に、ひどいことを言うんだな」

「は？　――そりゃ当然だ、あいつは『信仰に背いて神々の怒りに触れた者』だぞ」

男の口調は軽蔑を露わにしたもので、表情にはやはり嫌悪感を滲ませている。

「奴が何をしたのかは知らないが、畜生道に堕《お》ちるのは、神々の罰を受けた者だけだ。触れればこっちまで穢《けが》れちまう。なのにこんなところに配属されて、俺はもう出世の道は閉ざされたし、家族だって村八分だよ。いくらマチス殿下のお頼みったって、正直お恨み申し上げるぜ」

吐き捨てるように言うと、男は建物の中に戻っていった。女性は手早く洗濯物を干し終え、これ以上遠藤には話しかけられたくないという様子で、そそくさとやはり建物の中に入ってしまう。

「……」

遠藤は何とも言えない気分でしばらく二人の消えていったドアを見てから、これ以上は話を聞いても仕方がないと諦め、建物から離れた。

(神々の怒りに触れた者、か)

どうやらこの世界にも何かしら宗教があり、当たり前のように複数の神の存在が信じられているようだ。神の教えに背けば罰が当たる、という因果関係も。

(くだらない――と、思える問題ではないということか)

無神論者の遠藤にはぴんと来ないが、この世界ではそうなのだろう。『悪いこと』をすれば、法ではなく神によって裁かれる。バスティアンは単純に、獣の姿が怖ろしいというだけではなく、背徳者として嫌悪されているのだ。どんな罪を犯したのかはわからないというのに。その姿こそが罪の証《あかし》だと言わんばかりに。

遠藤はそのまま城の中庭らしきところに足を向けてみたが、ここも一切の手入れを放棄されたという雰囲気だった。植えられた木々も花壇もすべて雪を被り、枯れ枝が雪を突き破るようにあちこち伸びている。きちんと枝打ちしてあれば、すべて雪に埋もれて、いっそ一面の白銀で美しかっただろうに。

他に見るところもなく、晴れているとはいえ寒かったので、遠藤はすぐに城内に戻った。

キッチンの暖炉の火で体を温めながら、「さて俺は、何をすればいいんだ？」と思案した。

ここを出ていくつもりは最初からなかったが、使用人たちの様子を見たら、ますますその気が失せた。彼らは絶対にバスティアンの身の回りの世話などしないだろう。

だったら自分が、その役割に収まるのはどうだろうか。実際、その名目でここへ連れて来られたのだから。

「ホワイトタイガーの……お世話係……!」

遠藤はかつてないほどの胸の高鳴りを感じた。「どうせ夢なら、せめて動物園の飼育係として生きている設定ならよかったのに」と思ったことがあったが、実際、限りなくそれに近い環境におかれている気がする。

(勝手にしろと言われたんだ。餌にされるまでは、勝手に、バスティアン王子の世話をしよう)

とりあえずはこのキッチンを拠点にするのはどうだろうか。ここなら暖かいし、好きにお茶も飲めるし、食事もできる。もっと大きな鍋があれば、髪や体も洗える。洗濯だってできる。

そう決めると、遠藤はさっそくキッチンの掃除と整理整頓を始めることにした。布巾なのか雑巾なのかわからない布で手当たり次第に拭き掃除をして、長い間放置されてがちがちに固まっているモップを見つけ出して床の汚れをやっつける。

それだけで、気づけばゆうに数時間経っていた。時計がないので具体的な時間はわからないが、キッチンの小窓から見える太陽が高くなっていた。

さすがに疲れを感じて、休憩しようかとお茶を淹れる。

「……王子は、お茶を飲むものか？」

掃除中に、トレイとティ・セットを発見した。とにかく何かと口実をつけて、あの美しい生き物をもう一度間近で見たかったので、お茶の支度をしてトレイに載せ、キッチンを出る。

階段を下りてきたのだから、バスティアンは二階か三階にいるのだろう。多分、最上階の、一番日当たりのいい部屋に違いない。そう見当をつけて、遠藤はティ・セットを手に三階へ向かい、昼間もっとも陽射しの差し込む方角にある部屋の戸を叩いた。

返事はない。

「失礼します」

何か不敬に当たることをしでかしたとして、最悪の報いは餌として食べられること。だがそれは遠藤にとってはそれなりに幸福な運命だ。痛いのは嫌だと思うが、間近であの毛並みを堪能できることを想像すれば、避ける理由にはならない。

だから返事を待たず、さっさとドアを開けた。

壁一面の大きな窓のそばに毛足の長いクリーム色の敷物が広がり、白い獣はその上に丸まっていた。

おそらくここは執務室だ。机と立派な革の椅子、革のソファがあるが、バスティアンは燦々《さんさん》と陽光の降り注ぐ窓辺の床で眠っている。

「……」

遠藤が長くそれにみとれることはできなかった。ドアを開けて一秒経つか経たないかのうちに、バスティアンは鋭い動きで顔を上げ、振り返った。

「——何の用だ」

威嚇する低い唸り声。

「お茶をお持ちしました」

父の家で暮らしていた頃に見た家政婦を思い出しながら告げると、バスティアンは苛立たしげに何度も尻尾を床に叩きつけた。

(ああ、尻尾がある……)

昨日は見えなかったが、ズボンの後ろから、長くてしなやかな尻尾が出ていた。尻尾はバスティアンの感情を雄弁に語っている。

「誰が頼んだ、そんなことを」

「世話をするように、と言われて来たので」

「……『——』なのか?」

独り言のようなバスティアンの言葉は、遠藤には聞き取れない響きだったが、何となく意味はわかった。知能の発達が身体年齢に対して遅れている者という、おそらくは差別用語だ。遠藤が自分のおかれた状況がわからずにいるのではと疑っているのだろう。

「ただの名目だということはわかっています。でも他にすることもありません」

「三度目だぞ。ここから、出ていけ」

「行くところがないもので」

遠藤が部屋の中に足を踏み入れると、獣の唸り声が一際大きくなった。少し怖かったが、遠藤は気にしない素振りで、執務机までトレイを運ぶ。

「ケイラ国に行けと言った。難民だろうが、そこでなら生きていける」

「ここにいてはいけませんか」

「何?」

「俺は、難民ではありません。まあ……似たようなものだろうけど」

疑りと、警戒心。バスティアンの唸り声は続いている。

「隠すようなことでもないので言いますが、俺はこの世界で生まれた人間ではありません」

バスティアンの尻尾は苛々と床を叩き続ける。

「自分が生まれ育った世界で死んだはずが、気づけばここにいた。最初は夢だと思ったのに、もう何日も何週間も何ヵ月も……一週間という暦があるかもわからないこの世界で、何度寝ても何度起きても目覚めない」

「……」

「どうやらここは夢ではなく現実らしいけれど、じゃあこれからどうすればいいのかがわからなくて。正直もう、山登りも山下りも嫌です。ここは部屋もたくさん空いているようだし、邪魔にはならないようにするので、片隅に置いてもらえませんか」

一番の目的は、バスティアンという美しい獣のそばにいて、姿を眺めたり毛並みを撫《な》でたりしたいからだ――というところは、伏せておいた。自分がここではない世界からやってきた人間だと告白するよりも、そちらを知られたくない気がしたのだ。長い付き合いの友人にすら打ち明けたことのない、唯一の趣味なのだから。

「必要ならお世話もします。いえ、させてください」

殊勝な態度でバスティアンに言い募る。させてください、というのは本音の願いごとでしかなかったが。

遠藤の話を聞くうち、バスティアンの床に叩きつける尻尾の動きが、次第に緩慢になってきた。

「――成程」

そしてひとつ、強い唸り声を発する。

「そういうことも、あるだろう」

バスティアンは遠藤自身も荒唐無稽だとしか思えない話を、ふざけるなと怒ることもなく、むしろ納得した様子で頷き、受け入れた。

遠藤の方が、むしろ面喰らってしまう。

「ときどき、まあ十年二十年の単位で、稀《まれ》に起こることだ。珍しくはあるものの、あり得なくはない。ここではない世界から、誰かがやってくる。ほとんどが迷い人だが、時には特別な力を持った者が現れて国に恵みをもたらすから、客人《マレビト》と呼ばれ、歓迎される」

バスティアンは、短く溜息をついたようだった。

「最初からそう言えば、こんな獣の居座る城ではなく、王宮に招かれ手厚くもてなされただろうに」

「そう……なんですか」

遠藤はここを夢だと思っていたのだ。自分がどこか別のところから来た人間だと誰かに話すことなど、考えもしなかった。

「魔法は使えるのか？」

バスティアンは身を起こし、座った姿勢で、遠藤に訊ねた。

「いえ、そういうのは、ちっとも」

世界が変わっても、どうやら遠藤自身はただの人間だ。

首を振った遠藤を見て、バスティアンはどこか落胆したように、かすかに肩を落とした。

特別な力を持った者は国に恵みをもたらすが、遠藤はそういうご大層な人間ではない。それにがっかりされているのだと思うと、遠藤は何だか自分もひどく落ち込んだ。期待外れということだろう。

「そうか」

バスティアンは口に出して罵ったり呆れたりもせず、ただそう言って頷いたが、遠藤は何となく居たたまれない心地になった。

「では、紹介状を書いてやる」

「紹介状？」

「今からでも王宮へ行け。隣国よりはここの方がマレビトの扱いに長《た》けている、なぜかこの国にやってくることが多いからな。特別な力はなくとも、マレビトであれば無下にはされまい。……公式にはまだこの国の王子だ。私の名でも、何かの足しにはなるだろう」

「ここにいさせてください」

見知らぬ国へ移動しようが、この国で賓客としてもてなされようが、バスティアンがいなければ遠藤には無意味だ。

バスティアンは怪訝《けげん》な顔で遠藤を見返した。

「何の力もないのにもてなされたらきっと居心地が悪いし、元々ここで働くつもりで来たんだし、この城が気に入ったし……右も左もわからない世界に来て苦労したんだ、また知らない人のところに行くのは嫌です」

酒場ではよくしてもらったから、苦労というほどの苦労はしていないのだが、遠藤はバスティアンの同情をひこうと精一杯しおらしく振る舞った。形振《なりふ》り構っていられない。

「……ここに居れば、私に喰われるぞ」

脅すように、バスティアンが言う。

(『本望です!』……とは、言いがたいな)

バスティアンが本気で遠藤を餌にしようと思っているなら、そう主張してもよかっただろうが。

「食べないから、今まで来た人を逃がしていたんでしょう?」

「……」

バスティアンは黙り、ただ軽く唸った。

「今こうして話をしているし、とても俺を食べる気があるとは思えない」

「……おかしな人間だ。マレビトには私の怖ろしさがわからないのだろうか」

ふいと、バスティアンが遠藤から、窓の外へと顔を背けてしまう。

「勝手にしろ」

改めて、お許しが出た。遠藤はほっとして、笑った。

「はい、そうします」

パシンと、バスティアンの尾が強く床を叩いた。

バスティアンにそれ以上は話をする気がないようだったので、遠藤《えんどう》は結局飲んでもらえなかったティ・セットを持ってキッチンに戻った。

3

ひとまずキッチンの掃除を終え、備品や備蓄のチェックをすると、遠藤は他の部屋も見回って、生活に必要そうなものを搔《か》き集めた。着換えやタオルや毛布など、埃《ほこり》まみれだったが、洗えばどうにかなりそうだ。洗剤らしき粉と、洗濯板のようなものもみつけたので、早速取りかかる。

服を暖炉の火で乾かしている間に、自分も髪や顔を洗い、手脚をタオルで拭いたら、生き返ったような心地になった。

着替えは、おそらく未使用のままで何年も放っておかれたお仕着せを選んだ。レストランの給仕のようなシャツと上着だが、スーツと同じようなものだから、着慣れている。

身なりを整えてから例のスープをまた食べると元気が出てきたので、遠藤は再びバスティアンの部屋に向かった。

「洗濯するものや、何か必要なものはありますか？」

今回もノックしても返事がなかったが、気にせずドアを開けると、バスティアンはまだ窓辺で微睡《まどろ》んでいたようで、迷惑そうに遠藤を振り返った。

「その……よかったら、毛並みの手入れ、とか、しますが？」

遠藤はできるだけさり気ない口調で提案してみたが、少し上擦ってしまった。

「要らん」

唸《うな》り声と共に拒まれてしまい、落胆する。

「じゃあ食事。いつもどうしてるんです？　必要な分を支度しますが」

「支度？　――おまえが？」

今度のバスティアンの声音には、遠藤をからかうような響きが含まれていた。スープについてからかわれているのだとすぐに気付き、遠藤は目許《めもと》を赤らめた。

「好きな食べ物があるなら、作り方さえわかれば練習して、ちゃんと作れますよ」

「必要ない。干し肉や塩漬け肉をそのまま食べれば事足りる」

なるほど、それでキッチンを使った形跡がないらしい。煮炊きする必要もなく、野菜も使わなければ、調理場は無用の長物だ。

「わかりました、じゃあ食事の時間になったら、それをここに運びますね。時間は決めていますか？」

「……」

胡乱《うろん》げな眼差《まなざ》しを、バスティアンが遠藤に向ける。少し眠たそうで、とろんとした眼差しに、胸が高鳴った。今すぐ駆け寄って、あの頭を抱き締めたい。鼻面に頬を寄せて、眠たそうな目の周りを指でごしごし掻きたい。

「食事くらい、ひとりで取れる」

バスティアンは遠藤を遠ざけようとしている。それは充分わかっているが、ここでおいそれと引き下がるつもりは遠藤にはない。

何しろ長年の夢が形になって目の前にあるのだ。遠慮などしている場合ではない。

「寝室は、この部屋とは別ですか?」

「何?」

「掃除をします。バスティアン……様が使っている部屋があれば、俺がちゃんと手入れするので」

「必要ないと言っているだろう、余計なことをするな」

「でも、棚に埃が溜《た》まっていますよ。空気もこもっていてよくないし、それに寒いし。暖炉に火を入れましょう」

「寒さなど感じない。獣だからな」

自嘲気味にバスティアンが言う。

彼のそんな言葉を聞くのが、遠藤は嫌だった。

「そんな日当たりのいいところでぬくぬくしておいて、寒さを感じていないわけがない。寒いから暖かいところに留《とど》まってるんですよ、そういう姿もいいなと思いますけど」

「は？」

「あ」

最後に余計なことを言った。遠藤は慌てて口を押さえてから、咳払《せきばら》いをして取り繕う。

「勝手にしろと言われたので、勝手にあなたが使っていそうな部屋を探して、勝手に掃除をします。失礼」

遠藤はバスティアンの返事を待たず、部屋を出た。宣言どおり、三階の廊下を歩き回って、使われていそうな部屋をたしかめる。執務室の隣は図書室、その隣は応接室らしくソファが並んでいたがすっかり埃だらけ、その隣は空き部屋、廊下の一番端にある部屋を覗《のぞ》くと、大きな寝台が置かれていた。シーツがぐしゃりと丸まっていて、調べると白い毛と黒い毛がたくさんついている。ここが、バスティアンの寝室なのだろう。

広い部屋に、天蓋つきの、人が五人でも六人でも並んで眠れそうなベッド、カウチや書き物机、書棚など、造りは立派だがどれもかなり古びていて、あちこち埃が溜まっている。バスティアンはベッドしか使っていないようだ。

「よし」

遠藤は窓を開けて冷たい空気を部屋に入れてから、一度キッチンに戻って掃除用具を取ってきた。埃もすごいが、毛もすごい。あの使用人たちは、一度もここを掃除しようと思わなかっ

なか楽しかった。

とにかく拭いて、拭いて、拭く。苔《こけ》のようにこびりついた埃が床から剝《は》がれていくのはなかなか楽しかった。

(もう何十年も使われてなかった、という感じだな)

元々別の誰かがこの城を使っていて、おそらくその後数十年の単位で放置されていたところに、バスティアンが二年前に移り住んできて、それからも手入れされないままだったのだ。そういう汚れ方だった。廃城のようだという印象は間違いではなかったのだろう。

モップや雑巾の他にも、ブラシや箒《ほうき》などを駆使して、遠藤は黙然と掃除を続けた。せっかく洗った髪や拭いた体はすっかり埃まみれ、汗だくだったが、妙に楽しい気分だった。

(俺は、こういう仕事の方が向いていたんじゃないか、本当は?)

会社では、ひたすら人とやり取りをする仕事だった。対抗相手を出し抜き、取引相手にはいい条件や悪い条件をちらつかせ、成果をもぎ取る。大きな事業を任され、創業者一族の息子だから、無様な失敗は許されない。

それを辛《つら》いと思ったことは一度もなかったのに、どうだろう、今のこの解放感は。

(マレビトとやらの扱いで王族のいる城なんかに招かれたら、見世物になったかもしれない。ここに居座れてよかった)

孤独で荒んだこの城の方が、今の遠藤には居心地がいい。

とはいえ居住性は向上させるべきだ。バスティアンだって、昔は人間だったというのなら、それなりに住環境を整えた方が気分がいいだろう。

(それを気にしない状態なら、服なんか着ないで、さっさと城を出て、自然に暮らせばいいんだから)

体は虎でも、立場は人間としてのものを保ちたいと思っている、あるいは保たなければならない状況なのだろうと、遠藤は推察する。

(正妃の息子なのに国民からは軽んじられているようだとはいえ、王族として何かしら公務はあるのか——今は、全部必要なくなっているのか？)

あれこれ想像しつつ、遠藤はひとまず掃除を終えた。それでもう日暮れになっていたが、達成感がものすごい。バスティアン王子の寝室は、数時間前とは見違えたように磨き上げられた。置いてある調度品は元々上等なものなので、埃を払えばちゃんと見栄えがする。

「よし、次は洗濯物」

寝室の奥にドアがあり、開けてみると衣装部屋だった。バスティアンが着るために特別に誂《あつら》えられたらしい服がいくつもハンガーにかけられ、片隅の籠には着終えたらしき服が山積みになっている。

替えのシーツもみつけたので、遠藤はひどく苦労して大きなベッドのシーツやカバーを取り替え、洗濯物を抱えて、バスティアンの寝室を出た。

「っと」

何しろ洗濯物が多いというか、ひとつの服の嵩《かさ》が張るので、籠いっぱいに重ねたせいで前が見えない。まっすぐ廊下を進んだつもりが、何かに当たって、遠藤は慌てて歩みを止めた。低い唸り声が聞こえる。洗濯物の山の向こうを見上げると、バスティアンが遠藤を見下ろしていた。

「失礼」

「どうするんだ、それを」

急いで道を空けようとした遠藤に、バスティアンが訊《たず》ねてくる。

「勿論《もちろん》、洗濯しますが」

「――燃やして捨てるんじゃないのか」

「え？」

遠藤は洗濯物の山を抱え直し、その横からどうにかバスティアンの方に目を遣《や》った。

「洗濯女たちは、私の着たものはすべて燃やすと話していた。洗濯したところで、獣の臭いや毛は取れない」

「ううん？」

遠藤は洗濯物に鼻を近づけ、匂いを嗅いでみた。たしかに獣特有の臭いは感じるし、毛も全部取るのには苦労しそうだったが。

「おい」

なぜかバスティアンがぎょっとしたような声を漏らしている。遠藤は洗濯物から鼻面を離し、首を傾《かし》げた。

「多少体臭はつくものだろうけど、嫌な臭いじゃない。というか、自分の匂いがしていた方が安心じゃないですか？」

言ってから、遠藤はバスティアンをまるっきり動物扱いしていいものなのか、今の言葉は失礼に当たらなかっただろうかと、内心ひやりとした。彼の口調からして、自分が獣であることを快い状態だと思っているわけではなさそうだ。

叱《しか》られるか、悲しませるか。どちらも嫌だなと思う遠藤の見遣る先で、バスティアンはまた、どこか困惑したふうに眉間辺りの模様を寄せた。

「人間にとっては不快な臭いだ」

「いや、全然」

遠藤にとっては幸福と癒やしだ。不快どころか、むしろ、バスティアン自身の体に顔を埋めた気持ちになって、うっとりする。

（もっと毛並みを感じられたら嬉《うれ》しいのに）

臭いだって、もっときつくたっていい。男の体臭、しかも趣味の悪いヘアトニックやオーデコロンが混じったものなど会社や取引先で嫌と言うほど嗅いでうんざりしていたが、バスティアンのものはそれとはまったく違う。

「着ていたら当たり前に付着する汗染みや汚れは放っておくわけにはいかないから洗うべきだろうけど、燃やして捨てるなんて馬鹿馬鹿しい。不経済だ」

「……」

バスティアンは不思議なものを見るような眼差しになっている。

「……何のために？」

問われた言葉は、遠藤の方が不思議になるものだった。

「洗濯は、綺麗《きれい》にするためにするものだと思いますが」

「そうではない。ここにいたところで、おそらくろくな給金が出るわけでなし、今後の暮らしがよくなるとも思えない。城はこの有様だからな。だから連れて来られた使用人たちはこの本館に足を踏み入れることすら嫌がり、私の視界に入らないよう必死らしいというのに」

使用人たちの言動を思い出して、遠藤はまた腹が立ってきた。

「誰もあなたや城の手入れをしないなら、俺がしたっていいでしょう」

「何の見返りもないぞ」

「着るものと食べるもの。それに寝心地のいいベッドをください。それで充分です」

本当は何よりバスティアンの世話をしたかったが、ここでそれを言い出すと話がややこしくなりそうだ。

「俺はここに来るまでの十年以上、決められた道を決められた通りに進んで生きてきて、それが正しいことのように思っていました。でも今は、誰にも何も強制されず、何者でもない俺として自由にやれてる。それがすごく気持ちいいんだ」

バスティアンを説得するための言葉だったが、口にしてみると、それが嘘偽《うそいつわ》りない自分の本音である気が、遠藤にはしてきた。

長い間意識の下へと押し殺してきたが、遠藤は自分の生き方が、ずっと気に喰《く》わなかったのだ。

「もし他人がうろつくのが目障りだというなら、なるべく視界に入らないよう気をつけます」

遠藤の父や妻や息子は、屋敷にいる時に、使用人の姿が自分の視界に入るのを嫌った。イギリスの貴族の屋敷では、使用人は絶対に主人に働く姿を見せないようにしている、とか何とか。

「……何度も言っているだろう」

相変わらず、唸り声と共に聞こえるバスティアンの言葉。

「勝手にしろ」

たしかに何度も聞いた言葉をまた言って、バスティアンは執務室の方へ去っていく。

(俺の様子を見に来たのか?)

寝室に用事があったわけではないらしい。遠藤が自分の寝室で長い間どうしているのか、気になって落ち着かなかったようだ。

（縄張り意識……か、単純に、心配して？　いや、好奇心？）

何にせよ、たびたびバスティアン王子と話す機会があるのは幸運だ。

「よし！」

遠藤はやけに張り切る気分で、大量の洗濯ものを抱えてよろよろと階下に向かった。

◇◇◇

洗濯は大変だが、そもそも洗濯機を使ったことがないので、文明の利器との差を比べて嘆くこともないのはありがたい——ような気がする。

バスティアンの服は、遠藤が着ている洗い晒《ざら》しの綿布のようなものと違い、さすがにもっと上等な生地が使われていた。飾りも多いし、あまり強く擦《こす》ると傷みそうだったので、丁寧に押し洗いを試みる。汚れが目立つところは部分的に洗濯板で擦ったり、ブラシを使ってみたり。

洗い終えると、タオルで挟んで水気を切って、キッチンに張ったロープに干す。外の物干し台を使った方が楽だっただろうが、あの使用人たちから少しでもバスティアンの悪口を聞くのは嫌だったので諦める。

幸いキッチンはずいぶんと広い。遠藤が寝起きして、料理をして、洗濯物を干したところで充分スペースがあまっている。

洗濯を終えたところで、すでに陽《ひ》は落ち、外は真っ暗になっていた。暖炉の火だけでも周辺は明るかったが、ランプをみつけておいたので、火を入れてみた。油を使うタイプのものだ。部屋の四隅と天井にぶら下げて灯すと、それなりに部屋が明るくなって、無性にほっとした。

（とにかくこの城は、陽が落ちると暗すぎていけない）

バスティアンが使う部屋くらいは明るいのだろうか。それとも、獣の目なら暗闇でもよく見えて、明かりなど必要ないのだろうか。

「――さて、夕食を作るか」

わざと声に出して、やる気を鼓舞してみる。最難関は調理だ。あのスープの二の舞は踏みたくなかった。またバスティアンの『魔法』でどうにかしてもらうのも、恰好《かっこう》がつかない。

とはいえ、レシピの検索もできない今、手本になるものもなく、少し途方に暮れる。

昨日は煮て失敗したのだから、今日は炒《いた》めてみるかと、野菜炒めを試みた。

火力の調整がうまくいかず、あっという間に、すべてが焦げた。

「ううん……黒い……」

油も多すぎただろうか。何しろ火力調節をするものがないので、そろそろ火が通ったかと味見するための箸なりフォークなりを探している間に、食材は見事に黒焦げになった。鍋の底まで焦げ付いてしまっている。スープを作った時に、野菜が古いせいかやたら筋っぽかったので、今日は細かく刻んでみたのも仇《あだ》になったようだ。

「まあ、死にはしない……か？」

調味料の缶をたしかめて、塩に似た粉をかけてみる。

「……、……」

死にはしないだろうが、健康被害の危険がありそうな味だ。

いっそ生の方がいいのでは、と思い、ジャガイモに似た野菜を一口そのまま囓《かじ》ってみたが、これはこれで、ひどいえぐみがあって、食べられたものではなかった。

（あの使用人たちの食べるものを、分けてもらうか――いや、あいつらに頭を下げるくらいなら、絶食の方がマシだ）

しかし昨日のスープより、今日の野菜炒めの方が、見た目も味もひどすぎる。臭いもきついので、またバスティアンが来てしまうのではと、遠藤は慌てて窓を開けた。

びゅうっと冷気が吹き込んでくる。昼間は晴れていたが、目を凝らすと厚い雲が覆って、星影はひとつも見えなかった。

「そういえば……月はあるのか？」

こちらに来てから、夜空を見上げた覚えがない。太陽はどうだっただろう。

「……というか、俺がいたところだって、太陽や月なんて、どんなものだったか」

写真やデザインされたものは意図せず目に入ってくるが、本物をじっくりと眺めたことなど、父に引き取られてからの十年以上で、一度だってあっただろうか。

そう思うと、なぜなのか急に寂しい気分になってきて、遠藤はひどく驚いた。

特に月や太陽が恋しいというわけでもないのに。

泣きたい気分にまでなっていて、どうせ誰も見る人などいないのだからと、遠藤は衝動に任せて涙を落とした。

ぐすぐすと鼻を啜《すす》りながら雲のない空を見上げる姿など、遠藤を知る人間が見たら腰を抜かすだろう。遠藤は自分に対する周囲の人々の評価を知っている。有能だが独善的。冷徹。持たざる者の痛みを知らず、父親の権威を笠に着る嫌な奴《やつ》。人に頭など下げるな、と父に言われ続けた。他人は勿論、たとえ兄弟相手にでもだ。

（おかげで俺は、大人になってからは人の頭ばかり見下ろして、ゆっくりと月を見ることも知らないまま死んだよ、父さん）

少なくとも『遠藤侑人《ゆうと》』は死んだ。この世界で、遠藤は人に名を聞かれたことがない。おい、おまえ、新入り、難民。そういう存在になった。

それを少しも悲しがれない自分の人生が、あまりに寂しい。

どうせ黒焦げの野菜炒めを食べるくらいしか、当座することもない。遠藤は気が済むまで泣くことにした。

ぼんやりと涙を落としたままでいると、不意にがさりと木の枝が揺れる音が聞こえてきた。

暗い雲以外何も見えない空から中庭に目を落とすと、大きくしなやかな黒い影が、中庭の木々の間をすり抜けていくところだった。

「バスティアン王子……」

シルエットしか見えなかったが、それが誰なのか勿論遠藤にはすぐにわかった。四本の脚で滑るように進んでいる。夜の散歩だろうか。昼間に溶けてまばらになった雪の痕、ぬかるんだ土の上を、難なく進んでいく。その動きの美しさに遠藤はみとれた。

バスティアンは遠藤の存在を忘れていたのだろうか。広い中庭を自由に歩いたり、時々駆けたりしていたが、建物の方に近づいた時、キッチンの窓から見ている人影に気づくと、遠藤の方が驚くくらい、びくりと大きく体を跳ねさせた。そのまま木陰に姿を潜ませている。すぐに唸り声が聞こえた。怒っているようだ。獣のように、いや、獣のままにふるまう自分の姿を、誰にも見られたくはなかったのかもしれない。

「すみません——とても、美しかったので」

だが見ていないふりなど、遠藤はしたくなかった。しなやかで力強いバスティアンの動きを否定するのは、何かに対する冒瀆《ぼうとく》のように思えた。

「……泣いているのか」

さらに威嚇され唸られるか、怒って立ち去られるか。

予測していた反応とまるで違う質問をバスティアンから投げかけられ、遠藤は少し動揺した。

そういえば、自分だって、誰にも見られたくないようなことをしていたのだ。

に空を見上げた。

「月があまりに綺麗なので」

目許を拭いながら、咄嗟《とっさ》に言い訳が遠藤の口を衝《つ》くが、バスティアンは当然ながら怪訝《けげん》そう

「曇っている」

「この世界に『月』はあるんですか」

自分で月が綺麗だと言っておきながら、その存在を疑るようなことを言う遠藤に、バスティアンはますます訝《いぶか》しげに首を捻《ひね》った。

「勿論。山は月に近いはずなのに、厚い雲がかかって、街よりもその姿が良く見えはしないが……」

すんすんと、微《かす》かにバスティアンが鼻を鳴らす音が聞こえてきた。

「また、ひどい臭いがする」

「……ああそうだ。また、失敗した。向いてないんです、料理」

黒焦げの野菜炒めを思い出し、遠藤は大きく溜息《ためいき》を吐《つ》いた。

「偉そうに、私や城の面倒を見るといっていたのに、調理はできないのか」

バスティアンの言葉は皮肉いっぱいのものだったのに、声は少しからかうようなものに聞こえた。

「慣れていないもので。ここに来るまで、何でも他人がやってくれたんですよ。自分じゃ芋の

皮剝《かわむ》きひとつしたことがない」

「おまえも王族か、貴族だったのか」

「俺の国ではそういう身分階級は滅びました。ただ、見えない階級はあったんじゃないかな。俺は人生の途中からは、学校でも会社でも上の方にいた。その分、自分自身ではやらなくていいこと……できないことが多い」

「……」

バスティアンは少し考え込むように黙った。つまらないことを言った気がして、遠藤は急に恥ずかしくなる。やけに情緒的になっている。

「……そこにいろ」

バスティアンはそう言い置くと、中庭から気配を消した。

行ってしまったのか、と遠藤は余計に寂しい気持ちになったが、二、三分もすると、キッチンにバスティアンが姿を見せる。

中庭ではおそらく一糸まとわぬ姿だったのが、今は昼間のようにきちんとシャツやズボン、上着を身につけていた。

「これはひどい」

鍋に載ったままの黒焦げの野菜を見て、バスティアンが感想を漏らした。遠藤は面目ない気分で項垂《うなだ》れる。

「すみません。何とかして食べます」

「ここにある食材は、半年か一年くらい前に運び込まれたものだろう。今は私の分の野菜は必要ないと伝えてある」

バスティアンはずっと干し肉や塩漬け肉ばかりを食べ続けているのか。たったひとりで。

「もう芽も出かけているし、すでにまともに食べられるようなものではないから、これで練習すればいい」

バスティアンは、遠藤がみつけた野菜をまとめておいた籠の中から、ジャガイモに似たものをひとつ取り出した。

「皮の剝き方や、簡単な炒め物や煮物くらいなら、教えてやれる」

「え……バスティアン王子が、料理をするんですか？」

驚いた遠藤が訊ねると、バスティアンは少し皮肉げに大きな口の端を持ち上げた。

「私は一応は王族で、王と正妃の間に生まれた嫡子だが、そういう扱いは受けてこなかったんでな。人の姿をしていた頃も、私や母の面倒を見たがる使用人はいなかった。ずっと離宮で暮らしていたから、今と大して状況は変わらない」

「……そんな」

「冷えたスープやいい加減な味付けの肉、ひどい盛り付けのサラダ、物乞いでも断るだろうという色のパン、そんなものをどうにか人の食べ物らしくするのに毎日魔法を使うのでは追いつかない。小さな魔法でも繰り返し使えば消耗するからな。いっそ、と思って、自分で作るようになった」

バスティアンは調理台の上に置いてあった包丁に目を留めると、それを右手で握った。それから器用に、ジャガイモもどきの皮をするすると剝き始める。動物よりも人に近い指や手の形をしてはいるが、随分と太く厚く大きく、それに鋭い爪が長く伸びているのに。

「すごい……！」

遠藤は思わず感嘆の声を漏らした。バスティアンの手は大きく、ジャガイモなどピンポン球くらいの大きさに見えるのに、遠藤よりもはるかに手慣れた正確な包丁さばきだった。

「獣のくせによくも、と思っているか？」

バスティアンの声音はまたどこか皮肉っぽい。

遠藤はまた思わず、素直に頷《うなず》いてしまった。

「王子に比べたら、俺の手なんてまるっきり存在価値がない」

「……その言い種《ぐさ》は、どうかと思うぞ」

「俺はあやうく左手の親指をなくしかけました、こう……そうか、そうやって、ジャガイモの方を動かすんだな」

バスティアンの手の動きを目に焼き付けようと、遠藤は熱心にそれをみつめる。

「ナイフでは難しいなら、皮剝きもどこかにあるはずだ」

「なるほど、もう少し道具を発掘すべきだな」

真面目に呟《つぶや》いていると、唸り声が聞こえた。見上げると、王子が遠藤を見て目を細めている。どうやら笑っているらしかった。

「何か？」

「いや……おまえのいた場所に、私のような生き物はいなかったのか」

虎のような動物がいなかったのか、それとも人が獣になるような事案がなかったのか、どちらを訊ねられているのかがわからず、遠藤は曖昧に首を傾げた。

「おまえが私を怖れないのは、人が獣になる怖ろしさ、おぞましさを知らないからだろう」

バスティアンはジャガイモの皮をひとつ分剝き終え、包丁を調理台に置いた。

「そう、ですね。わかりません。何が怖ろしいのか、何がおぞましいのか」

「王族は神々の血を引き、だからこそ特別な力が使え、悪しき呪いから守られる。獣になったということは、天に見放されたということだ。一体何の罪を犯したのか、どんな教えに背いたのか、私にはわからないというのに」

「バスティアン様も、心当たりがないんですか？」

街の人たちもそう言っていた。バスティアンは背徳者だと。

だがまさか、バスティアン自身にも罰を当てられる理由がわからないとは。

「ああ。だからこそ私は怖ろしい。どんな大罪を犯したのかわからない限り、きっとこの呪いは解けることができまい」

バスティアンにわからないものが、遠藤にわかるはずがない。どう相槌《あいづち》を打つべきか思いつかず、遠藤はバスティアンの手放した包丁を手に取った。

「でもやっぱり、俺にはあなたが怖くはないし、その姿はすごく綺麗に思えるんですよ——痛《い》って！」

「⁉」

話しながらうわの空でジャガイモの皮を剝いたせいで、遠藤の握る包丁が軽く親指を掠《かす》ってしまった。バスティアンが驚いたように目を瞠《みは》る。

「何をやっている！」

「ああ、大丈夫です、驚いただけでほら、血もあまり出てないし」

「まったく……」

呆《あき》れたようなバスティアンの溜息。遠藤はまたしても面目なく項垂れた。

「古くなっているから、皮が硬いんだ。——待っていろ」

そう言い置くと、バスティアンは一度キッチンから姿を消し、少ししてから大きな籠を手に戻ってきた。

籠には、ジャガイモやにんじんに似た野菜の、新鮮そうなものが詰まれている。

「月に二度、おまえが最初に入ってきた広間のすぐ隣にある部屋に、食料や日用品が届く。一日後に使用人たちが残ったものを全部持っていってしまうから、その前に必要なものは取り出しておけ」

新しい野菜で、遠藤はバスティアンの指示を受けながら皮を剝いたり、食べやすい形に切ったりしていく。

「かまどの火力の調節は、どうしたらいいのか……」

野菜はせっかく綺麗に切れたが、鍋に入れたらきっとまた黒焦げだ。

「貸してみろ」

バスティアンはまた器用に鍋の把手《とって》を摑《つか》み、油を注いで、遠藤の切った野菜を投入した。小刻みに鍋を動かし、野菜の色がサッと変わった頃に鍋を少し持ち上げて、かまどの火から離した。

「ああ……！　そうか、鍋の方を離して調整すればいいのか！」

まったく思いつかなかった。遠藤が感動して声を上げると、バスティアンがたまりかねたように肩を揺らした。笑われて、遠藤は恥じ入る。

「す、すみません、子供のようにはしゃいで……というか、こんなことすらわからずに」

「――いや」

バスティアンはすぐに笑いを収めてしまったので、遠藤は少し残念だった。

「誰しも初めてはある。慣れればいいだけだ」

「はい」

まるで新人研修だ。遠藤は特例で研修期間を免除され、まず父直属の部下として働き始めたから、先輩社員とこんな会話をした覚えはないが。

(優しいな)

仕事であればきっと自分はつまらないミスをしなかったし、もし指導する立場だった場合、ミスした後輩に冷たい視線と言葉を浴びせただろう。こんなこともできないのか。自分で何とかしろと。そうすることが正しいと思っていた。

「あとは、これを混ぜるか」

バスティアンがそう呟いて、籠から茶色い塊を取り出した。干し肉か、燻製肉《くんせいにく》か。硬そうなそれは、バスティアンの鋭い爪で簡単に引き裂かれた。みとれていると、バスティアンが遠藤の視線に気づいたように一瞬はっと目を見開き、すぐに視線を肉に戻した。

獣のような仕種に恥じ入っているのだろうか。遠藤にはただ、うっとりするようなものでしかないのに。

「……私のところに運ばれて来るのは、干し肉や塩漬け肉だけだ。柔らかいものが食べたければ、使用人たちの住処《すみか》に行くがいい。雪と氷を詰めた貯蔵庫に、生肉があるだろう」

「いえ、俺は肉は、あんまり。いや……今は、そうでもないのかな」

遠藤の返答を聞いたバスティアンは、少し不思議そうな表情でまた視線を向けてきた。

遠藤は微かに苦笑する。

「少し前まで、食事の味がよくわからなかったんです。何を食べてもうまいと思えなくて……油っぽいものだけは、胸焼けするから特別苦手で。けど、この世界に来てから、食べ物はどれもうまそうに見えた」

「あれもか？」

そう言って遠藤の作り上げた黒焦げの野菜炒めを振り返ったバスティアンは、またすこしからかう調子の声になっている。遠藤はむっと眉間に皺《しわ》を寄せた。

「うまそうなものはうまそうに、まずいものはまずいとわかるようになったんです」

バスティアンの低い唸り声は、笑いを堪《こら》えているものだろう。

「酒場の料理、街の市に並んだフルーツや串焼き肉や穀物を葉で包んで香ばしく焼いたもの……匂いを嗅いで、空腹がどんな感じかをとても久しぶりに思い出した。この世界の料理は、俺がいたところに比べて、きっと特別にうまいんだろうな」

なのに自分がいざ調理をしてみると、死ぬのではと言われるほどのものができあがるのが、遠藤にはいささか情けなかったが。

遠藤が話す間にも、干し肉の加わった野菜炒めは、どんどんキッチン中にいい匂いを拡げている。バスティアンが調味料を振りかけたら、さらに空腹を誘うような香りになった。

出来上がった野菜炒めを、バスティアンは遠藤の用意した大皿に綺麗に盛り付けた。元々が器用なのだろう。

「要領はわかったか？」

「ええ、火加減のコツさえわかればこっちのものですよ」

自信を付けた遠藤が胸を張って言うと、なぜかまたバスティアンに笑われてしまった。

「いや本当に」

「まあいい、今日のところは私の作ったもので我慢しろ」

「我慢なんて。ありがたいとしか思えませんし、楽しみです」

「――あれに比べればな」

ちらりと、バスティアンがまた黒焦げ野菜炒めを見る。遠藤はもうからかわないでほしいと訴えようと思ったが、バスティアンがそのままキッチンを出て行こうとする姿を見て、咎《とが》める代わりに呼び止めた。

「バスティアン様、もし失礼じゃなければ、これ、一緒に食べていきませんか」

「……何？」

足を止めて振り返ったバスティアンの表情は、明るくはない。

「せっかく作ってくれたんだし。それに量も多いので。ああ、でも、王子なのにこんなところで食事はとらないか……」

「……」

行ってしまうだろうか、と思ったが、バスティアンは踵《きびす》を返してまた遠藤のそばに戻ってきた。

「どうせこの姿だ。気取って晩餐《ばんさん》を食べても仕方がない。そもそも干し肉ひとつを皿に載せるのも億劫《おっくう》で、いつもひとかたまりずつ部屋でかぶりついていたが」

「野菜は好きではないですか？」

「どうだろう、肉しか必要がない気がしていたし、刻むのも面倒だから、食べようと思ったことがない」

「じゃあぜひ、試してみましょう。準備しますから、待っていてください」

遠藤は辺りを見回した。調理台をテーブル代わりにしてもいいが、小さな腰掛けしかないから、きっとバスティアンの大きな体では座れない。

少し考えて、遠藤は洗濯しておいた大きな布を、直接地面に拡げた。何に使うものかはわからないが、植物の葉や蔦《つた》が刺繍《ししゅう》されていてなかなか綺麗だ。

その上に、バスティアンが作った肉野菜炒めの皿を置き、大きめの取り皿とフォークをふたつ持ってきて、肉野菜炒めの周りに並べる。

「あ。ワインなんかがあると、もっとそれっぽくなるような……？」

遠藤の様子をじっと眺めていたバスティアンが、また一度キッチンから姿を消し、今度はワインが入っているとおぼしき瓶を手に戻ってくる。

「前の城主の持ちもののようだから、味は保証しない」

そう言うバスティアンに、遠藤はにっこりした。

「年代ものですね」

ワイングラスもみつけて磨いてあったので、遠藤はバスティアンの持ってきた酒をそれに注ぎ、床に拡げた布に腰を下ろした。バスティアンも遠藤の向かいに胡座《あぐら》をかいて座っている。

大皿の肉野菜炒めも皿に取り分け、「いただきます」とつぶやくと、バスティアンが不思議そうな顔になった。

「イタダキマス?」

響きそのままにバスティアンが言ったから、この世界に食事時に挨拶をする習慣はないのだろうか。

「俺のいた世界の……いや、日本だけか? 国の、何か食べる時の挨拶です。料理を作ってくれた人や、食材を作ってくれた人、食材の命に対して言うこと、かな」

「食材の命? 変わった風習だな」

バスティアンはワイングラスを指の爪で引っかけるようにして持ち上げた。

「傲慢でもある。殺した命について感謝するなど」

言葉の意味を説明はしたが、挨拶は挨拶として日頃あまり深く考えたこともないので、遠藤はバスティアンの皮肉げな呟きにどう応えるべきか思いつかなかった。

「私のためにに死んでくれてありがとう、と言われて、獲物はどんな気分になるのか……」

「狩りをするんですか？」

何気なく訊ねた遠藤は、言ってからしまったと思った。正面切って聞くようなことでもなかったかもしれない。

「この雪山では、狩れるような動物はいない」

上を向いて、大きな口にワインを半分流し込んでから、バスティアンがじろりと遠藤を見下ろした。

「まだ人としての意識があるから、人間を狩ろうとも思えないな、今のところは」

「そうか……」

遠藤は安堵《あんど》と落胆の両方を味わった。バスティアンの姿は怖くないが、喰われる時に痛くて苦しいだろうと想像すれば当たり前に怖ろしいし、素敵な死に方ができないと思えばつまらない。

「とにかく今は、せっかく作ってもらったこれを食べましょう」

気を取り直し、遠藤はバスティアン作の料理を口に運ぶ。

「ああやっぱり、うまいな！」

匂いの時点でわかっていたが、肉野菜炒めはとても美味だった。細かくちぎられた干し肉は油と野菜の水分を吸ってほどよく柔らかくなり、古びて傷んでなどいない野菜は歯ごたえがあり、肉の旨味《うまみ》が混じって、噛《か》むごとに口中に幸せな味が拡がる。

「食べないんですか？」

バスティアンはもりもりと料理を口に運ぶ遠藤を眺めているだけで、なかなか自分は食べようとしない。それに気づいた遠藤が訊ねると、軽く肩を竦《すく》める仕種をした。

「この姿になって以来、何を食べてもうまくない。さっきの、おまえの話と同じだな」

「でもこれは、とてもうまいですよ」

「胃に収まれば何でもいいが……」

あまり気が進まない、という様子で、バスティアンが自分の作った料理を口に運ぶ。ワイングラス同様、指の爪にフォークを引っかけ、そのフォークに野菜と肉を引っかけて。

「……ん？　……まあ、それなり、だな？」

料理を飲み込んで、何か腑《ふ》に落ちないふうに首を傾げるバスティアンを見て、遠藤は顔を綻ばせた。その反応は、「それなり」というより「なかなか」うまいということに思える。

「きっと干し肉をそのまま齧るより、一手間かけた方がうまいんだ。明日は俺が作るから、また食べに来てください。いや、部屋に運んだ方がいいかな」

「――晩餐室がある。この階の、反対側の方だ」

「明日はそこを掃除しよう。朝昼晩と食べますか、晩餐室ということはそこを使うのは夜だけかな」

「食事は一日に一度でいい」

「では夜に、準備ができたら呼びにいきます。他にお茶の時間などは取りますか？　茶葉をみつけたから、俺は勝手に飲んでるけど」

「……天気がよければ、午後に、庭で。ここに来てからはそんな習慣もなかった、おまえが飲みたい時に淹《い》れればいい」

それは自分と一緒にお茶を飲んでくれるということだろうか。

遠藤はあたたかな心地になりながら、バスティアンの作った夕食とワインを平らげた。

◇◇◇

「着るものと食べるもの、それに寝心地のいいベッド、だったな」

バスティアンが彼の寝室と同じ階にある一間を、遠藤に使わせてくれると言った。

前の城主の家族の部屋なのだろう、まったく手入れされていないから埃だらけでカビ臭くはあったが、バスティアンの部屋同様、立派な調度品が揃《そろ》っていた。

また長い時間をかけて掃除をして、カーテンやクッションカバーを洗濯し、リネンをバスティアンのために用意された新しいものと取り替えると、部屋は高級リゾートホテル並みに整った。酒場で他の下働きと雑魚寝、キッチンの床で毛布にくるまっていた時から、ずいぶんな出世だ。

風呂もある、と聞いて、遠藤は飛び上がって喜びそうになった。

もちろん水を汲《く》むのも湯を沸かすのも遠藤の仕事だったが、苦にもならない。中庭のポンプでバケツに汲み上げた水を何往復もして湯殿に溜め、火を焚《た》いて温める。使用人用の湯殿だから、遠藤ひとりが膝を抱えてやっと入れる程度の大きさだったが、今はそれで充分すぎるほどだった。

湯に浸かり、バスティアンに教えてもらった体用の石鹸《せっけん》とブラシで全身を磨き立てると、生まれ変わったような気分になった。

風呂場にあった鏡で自分の姿を見た時は驚いた。髪と無精 髭《ぶしょうひげ》が伸びていて見苦しいのはともかく、元々痩せ気味だった顔の肉が削《そ》げて目許が落ち窪《くぼ》んでいる割に、腕や脚はずいぶん筋肉がついていたのだ。元いたところでは体力維持のために仕事の空き時間を利用してジム通いをしていたが、入会金や月会費に大枚叩《はた》いてちまちま通うより、ここ二ヵ月ほどの経験の方が、よほど力になっているようだった。

「バスティアン様は、入浴はしないんですか？」

髭も剃《そ》って髪を整え、心身共にさっぱりした遠藤は、掃除のためにバスティアンの執務室に入った時にそう訊ねてみた。

「もし必要なら、大浴場の方に湯を沸かしますよ」

小さな使用人用の風呂と違い、城主が入るためとおぼしき大浴場の広さはなかなかのものだった。そこに湯を張るのは大変な作業だろうが、どうせ掃除や洗濯と料理の他にすることもないのだ。

自分が風呂ですっきりしたものだから、よかれと思って訊ねてから、遠藤はバスティアンの表情が曇っていることに気づいて内心慌てた。獣の臭いが気になるから入浴を勧めた、などと誤解されたら困る。

「湯槽《ゆぶね》に浸かると、体が解《ほぐ》されて、気持ちもリラックスできるんです。俺はいつも時間がなかったのでシャワーで済ませる生活だったんだけど、ひさびさに浸かってみたら、すごく気持ちがよかった」

わざとらしいほど笑顔を作ってみせると、バスティアンが頷く。

「そうだな。とても心地よさそうな顔をしている」

「だからぜひ、バスティアン様も。それで、よかったら、ええと、体を洗うのを、手伝わせてください」

やましいところは何もなく、大きな体を自分で洗うのは手間だろうと思ったからの申し出だ。そのはずなのに、遠藤は声が期待で上擦ってしまいそうになる。

「……」

バスティアンは考え込むような様子で、無言になった。

入浴の手伝いという大義名分で、バスティアンの毛並みをわしわしと摑んで擦りたい。できれば風呂から出たあと、タオルで乾かしたり、ブラシで毛を梳《す》いたりしたい。

「では……俺も、湯の支度を手伝おう」

しばらく思案したあと、バスティアンが決心したふうに言った。バスティアンからの申し出は、正直遠藤にはとてもありがたかった。

「じゃあ早速」

遠藤は張り切って、バスティアンと共に裏庭の水汲み場に向かった。一杯に水の入ったバケツを、遠藤はどうにか両手にひとつずつ持つのが精一杯だったが、バスティアンは片手に三つずつ、さらにもうひとつを口に咥《くわ》え、遠藤が一往復する間に三往復は軽くこなしている。

「風呂場まで流し込む仕組みがあった方が、便利だな」

何往復かですっかりへとへとになっている遠藤を見て、バスティアンがまた思案げに呟いていた。

どうにか湯槽の半分ほどに水を溜め、湯を沸かして、遠藤はバスティアンと共に大浴場に入った。バスティアンは服を脱ぎ、遠藤はシャツとズボンの裾を大きくまくる。

先に洗い場でバケツに湯を汲んで、バスティアンの体を流した。バスティアンはおとなしく、遠藤にされるままになっている。


（下心がばれたか……？）

「先に体を洗います」

バスティアンは洗い場の床に胡座《あぐら》をかいて座り、大人しく目を閉じている。気持ちよさそうだ。ゴロゴロと、喉を鳴らす音が聞こえてきて、遠藤は何だか感動した。

石鹸を泡立て、丁寧に、丁寧に、余すところなくバスティアンの体を洗っていく。触れると、想像よりもバスティアンの毛は硬かった。そして毛並みの下には、遠藤の想像よりはるかに大きくて、はるかにしなやかな筋肉が存在していた。

立派な毛並みと同じくらい、その筋肉にも遠藤は心惹《こころひ》かれる。逞《たくま》しい腕、脚、背中。これを醜いなどと嫌う人々の気持ちが、少しも理解できなかった。

体を洗い終え、バスティアンは湯に浸かった。

「おまえも入ったらどうだ。苦労して水を運んだのに、私だけ浸かるのでは不公平だろう」

「えっ」

バスティアンに誘われ、遠藤は一瞬ためらったが、それもそうだと思い切って服を脱ぎ、バスティアンから少し離れたところに身を縮めてしゃがんだ。

「――近くに来るのは、やはり怖ろしいか」

また揶揄うような口振りなのに、バスティアンは少し傷ついたような声で言う。

遠藤は目一杯首を振った。

「そうではなく。あなたに比べて自分の体の貧相なのが、恥ずかしいんだ」

自分もなかなか筋肉がついたなどと鏡の前で悦に入っていたが、バスティアンに比べたら棒切れのようなものだ。

――しかも体を洗う時、遠藤は見てしまった。堂々と脚を開いたバスティアンの持つ、立派な、立派すぎる男性の象徴を。

特にこれまでコンプレックスを覚えたことはないが、バスティアンと比べてしまえば、自分のそれなど貧相という言葉でも分不相応だ。

「……変わった男だな、つくづくと、おまえは」

そう言って、バスティアンは遠藤の姿を眺めてくる。できればそうじろじろと見ないでほしかった。遠藤は立てた膝を両腕で抱き込み、ますます身を縮める。

「バスティアン様の方が、王族としては変わってるんじゃないですか。使用人と一緒に風呂に入るなんて、自分が入っておいて何だけど、なかなかやらない気がしますよ」

「ふん、この姿で、王族も何も。しょせん王宮を追放された身だ」

バスティアンが自嘲する。

「ところで、今さらだが」

それからバスティアンは小さく咳払いのような音を立て、遠藤に視線を向け直した。

「何か？」

「――おまえ、名は何と言う？」

った気がする。

たしかに、今さらだ。そういえば城の広間で初めて顔を合わせた時、名乗りはぐったままだった気がする。

どうせ城の中には遠藤とバスティアンしかいないから、バスティアンは「おい」「おまえ」で事足りるだろうに——名前を知りたい、と思ってくれたのだ。遠藤は無性に嬉しくなった。

（以前の名前なんてどうでもいい、と思っていたが）

他に名乗る名もない。生まれ変わった記念に新しい名前を考えたっていいのだろうが、残念ながらこの世界で生きるに相応《ふさわ》しいものが遠藤にはおもいつけなかった。

「遠藤侑人です」

「エン、ドウユ……ト」

名前もそのままの音でバスティアンには聞こえるようだ。どれが名前でどれが苗字なのか、どこで切るべきかわからないようで、小さく首を捻っている。

「名は侑人です。遠藤は苗字《みょうじ》だけどまあ、もう関わりのない家なので、ただの侑人で」

「ユウト」

バスティアンに名を呼ばれた時、遠藤は何だか体の芯が震えるような、湯は温かいのにゾクゾクするような、不思議な感触を覚えた。

（一個人として、見てもらえた——気がする）

「おい」「おまえ」で事足りる世界で、初めて個体認識してもらえた。しかも、この美しい生き物に。

それが遠藤には嬉しくて、誇らしい気分にすらなった。

バスティアンが風呂から出ると、遠藤もそれに続き、手早く服を着て、バスティアンの体を何枚ものタオルを使って拭いた。バスティアンは寝室のベッドの上で、やはり遠藤のされるがままになっている。

これはいける、と思い、みつけておいたブラシで、バスティアンの毛並みを梳かした。

バスティアンはよほど気持ちがいいらしく、風呂場よりもさらに大きな音で喉を鳴らしている。

遠藤はもう、幸福すぎて、幸福すぎて、泣きそうだった。実際涙が零《こぼ》れてしまった。バスティアンがうとうとしていて、気づかれなかったのは幸いだ。

(死ぬなら、今じゃないのか？)

長年の望みが叶《かな》った。大きく美しい獣に寄り添い、その世話をする。

あとはバスティアンの体に凭《もた》れて——腕に抱かれて眠ることができれば、この世に未練など一切なくなる気がしたが、さすがに時期尚早だ。

「バスティアン様、濡《ぬ》れたシーツを取り替えるので、お休みください」

眠たそうなバスティアンをベッドに寝かせなおし、すやすやと気持ちよさそうな寝顔を長いこと眺めてから、遠藤は夕食を作るために名残惜しい気分でバスティアンの寝室を後にした。

4

城での遠藤《えんどう》の暮らしは、かなりうまくいっていた。

バスティアンは遠藤が自分の周りをうろつくことにも、一緒に食事を取ることにも、お茶を飲むことにも、自分の毛並みを整えることにも慣れたらしい。

「ユウトは、努力家なのだな」

一緒に夕食を食べるようになって、十日が経《た》った。今日は塩漬け肉入り穀物スープと温野菜のサラダにパン。パンは今日街から運ばれてきたばかりの荷物に入っていたものだが、その他は遠藤が作った料理だ。

「ちゃんと食べ物になっている」

こういう時のバスティアンは、皮肉げな言い回しと声音を使うから、遠藤には褒められたというよりもおもしろがってからかわれているという気しかしない。

「晩餐と言えるようなものには程遠いですが。もう少し品数を増やしたり、そもそも見た目のいいものに変えたりしていきます、段々と」

「褒めたつもりなのだが」

「俺のやる気の問題です、いつか『なんて立派な晩餐だ!』とか、バスティアン様を感嘆させてやる」

「やはり、努力家なのだな」

バスティアンは笑いを堪えている。やはりどうも、からかわれている気しかしない。

「この世界の食材も調味料も大体把握できた、火の調節にも慣れてきたし……でもレシピがそもそもわからないというか、自分が以前どんなものを食べていたのかもあまり思い出せなくて。創意工夫でメニューを考えなければならないのが、辛いところです」

茶葉も、いつのものとも知れない古い葉ではなく、新しいものを仕入れてもらった。気は進まないが、もう一度使用人たちの住処に行って、頼んでみたのだ。

「へえ、あの獣野郎……王子が、お茶をねえ」

自分とバスティアンが飲む分を、と仕入れを担当しているという男に伝えたら、驚かれた。お茶ばかりか、最近は一緒に食事をするし、バスティアンの毛並みの手入れや服の洗濯だってするのだと、少々自慢げに伝えてみたら、ますます驚かれた。

「あんたてっきり、とっくに食べられたと思ってたよ」

「この手紙を王宮宛てに送ってください、もう餌の人間は必要ないと書いてあるそうなので」

バスティアンは自分の餌として次々と人間が送られてくることに憤り、傷つき、諦めていた。だが遠藤が自分に怯《おび》えず、世話係として立派に（と、バスティアンが言ってくれた）働いているのを見て、王宮宛てに手紙を書いてみる気になったという。

『どうせ獣になった私の言葉など、誰もまともに取り合わないと思っていた』
悲しげに笑うバスティアンを思い返すと、遠藤も悲しくなるし、腹が立つ。
人など食べないというバスティアンの主張を誰も信じず、空腹で山から下りてこないように
という意味を籠めて、『餌』を送り続けていたのだ。
「服も、少しサイズが合わずに動き辛そうなので、直すための丈夫な針と糸を送るよう伝えて
ください」
「あんたが直すのか」
「やってやれないことはないと思うので」
「へええ……」
驚くというより、感心したふうになる使用人の反応に、遠藤は少し胸のすいた気分になった。
彼らはバスティアンを理性や知性のないまるっきりの獣だと認識しているようで、遠藤にはそ
れが気に入らなかったのだ。
（バスティアン王子は美しくて、聡明《そうめい》で、優しくて、器用な方だ）
遠藤にとっては理想の存在だった。
（でもあまりそれを知られると、世話係の地位を奪われるかもしれないから、詳しくは言わな
いでおこう）
ひとまずは、バスティアンが『獣野郎』などではないと使用人たちに教えることができれば、

充分だ。

お茶の他にも、茶菓子も頼んでおいた。料理は慣れてくればなんとかなりそうだったが、菓子作りなど未知の世界すぎて、遠藤にはとても作れる気がしない。そもそも菓子を食べる習慣がなかったので、どんな材料でどう作るのか、想像の余地すらなかったのだ。

しかしせっかくバスティアンと数日に一度は午後のお茶を楽しめるようになったのだから、素っ気なくお茶だけを並べるのではなく、それらしく茶菓子があった方がいい気がした。

遠藤は城の中を次々と掃除、整頓していき、同時に中庭の手入れも始めた。といっても雪の降る日が多く、枯れ果てた木々や花の世話などはできなかったが、崩れかけた四阿《あずまや》をみつけたので、それを修繕することにしたのだ。

朽ちかけた木の板を修繕し、みつけたペンキで塗り直しをする。脚が取れて倒れたままのテーブルは、城の中で使われずに放っておかれたものと交換する。

数日かけて四阿の修繕を終えると、「晴れた日の午後に」というお茶の約束は、「雪の降る日も、よほどの吹雪でなければ」というふうに変化した。

「おまえは寒くないのか、ユウト」

四阿はバスティアンが身を屈めて入り、椅子に座れば、充分ゆとりある大きさだ。遠藤はその隣で、毛布にくるまりながら、茶菓子に手を伸ばした。

「ここなら充分そこの焚き火の火が当たります。それに、バスティアン様が暖かいから」

——という口実で、遠藤はバスティアンの隣に陣取っている。バスティアンを雪よけにするのは申し訳ない気もしたが、初めの頃は向かいに座っていた遠藤を「ここに来た方が暖かいだろう」と隣に誘ったのはバスティアンの方だ。

外ではちらちらと雪が舞っている。静かな中庭に、火の爆《は》ぜる音と、ときおりティ・カップがソーサーに触れる音だけが響く。

（何て幸せなんだろう）

こんな時間を過ごした覚えが、遠藤にはない。母は遠藤を顧みなかったし、父の家族は遠藤と一緒にお茶を飲んでくれるような人ではなかった。遠藤自身、空き時間を作るのが勿体《もったい》ない気がして、短い睡眠の他はすべて何かしらの用事に宛てるようにもなっていた。

バスティアンのそばは、喩《たと》えようなく心地いい。すっかりリラックスして、小さな欠伸《あくび》をした遠藤は、隣のバスティアンがまったく同じタイミングで大きな欠伸をしたことに気づいて、笑った。

「何だか眠たくなってきましたね。そろそろ切り上げて、戻りましょうか」

バスティアンは昼間よく眠る。虎のように夜行性なのだろう。

「まだ茶が残っている」

だから気遣って告げた遠藤に、バスティアンは不服そうにティ・カップを指した。

バスティアンも、自分と過ごす時間を楽しいと思ってくれているのだろうか。

そう思ったら、遠藤の中で強い喜びが湧き上がってくる。

「では、飲み終わるまで。俺は眠くも寒くもないので、ゆっくりどうぞ」

甘い菓子に一切興味がなかったのに、バスティアンと一緒に食べる焼き菓子が無性にうまい。

遠藤は淡い雪の中で、今日も幸福なティータイムを過ごした。

◇◇◇

城に突然の来客があったのは、遠藤がここで過ごし始めてひと月が経とうとする頃だった。

「まあ、人がいるわ」

ひとりで朝食をすませ、せっせと広間の掃除をしていた午前のこと。

突然城の入口が開いたので、遠藤は驚いた。しかも現れたのが、高価そうな分厚いコートにショールを羽織り、大きく裾の拡がる飾り立てたスカートを穿《は》いた、とても美しい少女だったので、さらに驚かされた。

(『お姫さま』だ)

十六歳か、十七歳か、それくらいの年齢だろうか。童話の絵本の中から抜け出してきたような少女だ。長い金の巻き髪、青い瞳、ふっくらした頬と唇に、白磁の肌。少し気が強そうというか、高慢そうな印象が、遠藤を見る眼差しに宿っている。

「コートを脱がせてくださらないの？」

当然のように両手を拡げる少女に戸惑いながらも、遠藤は言われたとおり、彼女からコートを脱がせて引き取った。

「珍しいのね、ここの使用人は、みんな向こうの小屋に引きこもってると思ってたわ」

「どなたです？」

独り言のように呟きながら当然のように広間に足を踏み入れ、階段を上ろうとする少女の背中に、遠藤は慌てて声をかける。上の階ではバスティアンがよく眠っているはずだ。まだ起こしたくない。それに——人と会うことを、バスティアンは嫌がっている。働かない使用人について遠藤が憤った時、誰にもこの姿を見せたくはないから構わないのだと、彼自身が言っていた。

（気を許してくれているのは、俺だけなのに）

だから、彼女をこのまま行かせるわけにはいかない。

「あら」

少女は階段の途中で振り返ると、呆れたような、軽蔑するような眼差しで遠藤を見下ろしてきた。

「あなた、自国の王女の姿もご存じないの？　下々の者でも絵姿くらいは見たことがあるでしょう、私《わたくし》の絵葉書はお母様よりも人気なんだから」

「――」

この国の、王女。そういえば以前、王家にはバスティアンの他に、二人の王子と姫がひとりいるのだと聞いた。

とするとこの少女は、バスティアンの腹違いの妹か。

「俺はこの国の人間ではない、余所《よそ》から来た者なので」

「まあ、じゃあ難民？　難民風情がお兄様のお世話をするなんて……」

露骨に顔を顰《しか》めると、少女はまるでそんな人間が自分と口を利くのすら許されないというように、それきり遠藤を無視して、階段を上っていってしまった。

母親が違うとはいえ、バスティアンの妹であれば、自分が止める権利もないだろう。仕方なく、遠藤は黙って少女のあとを追いかけた。

「お兄様、ここにいらっしゃるわね？　私よ、メリオッサよ。入ります」

少女――メリオッサ姫は迷わずバスティアンの寝室の前まで大股に歩いて行って、ドンドンと賑《にぎ》やかにドアを叩き、返事を待たずにそれを開けてしまった。

「バスティアンお兄様、起きてちょうだい。下の応接間でお待ちしていますわ、お早く支度してね」

寝室からは、低い唸り声が聞こえる。驚きの声だ。言いたいことだけを伝えて踵を返したメリオッサは、兄の唸り声に怯えることもなく、平然とした表情をしていた。遠藤などいないもののように無視して、再び階段を下りるために廊下を歩いて行く。

遠藤は彼女と入れ替わりに、バスティアンの部屋に入った。バスティアンはベッドの上に上半身を起こし、大きな手で頭を押さえている。

「メリオッサ……メリオッサだって……？」

「……着換えますか？」

寝起きのバスティアンは混乱しているようだった。遠藤が声をかけると、しぶしぶという仕種で頷く。

「二度とここに来てはいけないと言ったはずなのに……」

「妹君、ですか？」

「ああ。前にも二度ほど、勝手にこの城に来た」

「まさか、ひとりで雪山を登って……？」

防寒はしっかりしているようだったが、登山に向いている服装ではなかった。靴も、華奢《きゃしゃ》なハイヒールだった気がする。

「いや、門の向こうに輿《こし》を担いできた人間を大勢待たせているのだろう。獣の城に入るよりも、雪と風に晒されて凍える方がましだろうから、中にはやってこないだろうがな」

とにかく遠藤はバスティアンを手伝って寝間着を着換えさせると、お茶の準備をするためにキッチンへ向かう。支度を終えて応接間に入った時には、すでにメリオッサとバスティアンが向かい合ってソファに座っていた。応接間もそれなりに掃除しておいてよかったと、遠藤は内心胸を撫《な》で下ろす。バスティアンはどうせ客など来ないからここは掃除するだけ無駄だと言っていたのだが。

（——ちゃんと、いるんじゃないか。王子に会いに来る人が）

お茶を出しても、メリオッサは遠藤には目もくれず、じっとバスティアンのことをみつめている。

「やっぱりその呪い、まだ解けないのね」

メリオッサが大きな溜息をついて、そう言う。バスティアンは無言だった。

「ああ、可哀想なお兄様。未だにそんな醜く怖ろしい姿のままだなんて……あんなにお美しかったのに」

大仰なほど悲しげに、メリオッサが首を振った。遠藤は口を挟みたくなったが、堪える。兄《きょう》妹《だい》の会話に割って入るのは、さすがに失礼だろう。

「お父様たちは魔術師たちに命じて、私も私なりに手を尽くして呪いを解く方法を調べさせているのだけど、なかなかみつからないの。お兄様の方では、何か手懸かりがあって？」

「——いや」

バスティアンは短く返答している。そう、とメリオッサはまた溜息を吐いた。

「そうよねえ、国中の者がお兄様が神様のお怒りに触れたなんて言うけれど、お兄様に限ってそんな心当たりはないと思うのよね。戒律について改めて調べても、神様から厳しく罰されるのは人を殺す、理由なく拷問する、貧しい者から盗むというものだけだもの。お兄様は貧しい者から何か盗むほどお金に困っていないでしょうし、少なくとも人の姿でいた時に人を殺したり、拷問したとも思えないわ。まあ万が一、その怖ろしい牙や爪でうっかり使用人を手に掛けてしまったとしても、獣になったあとのことだもの、それが原因で罰を与えられたということはあり得ないわよね、それじゃ話がおかしいわ」

「私はこの姿であろうと、人を殺したりはしていない」

怒濤《どとう》のように喋《しゃべ》る妹に、バスティアンはようやくという風情で口を挟んだ。バスティアンは話したくなくて言葉数が少ないのか、それともメリオッサが息を継ぐ間もなく話し続けるために何か言う隙がないだけなのか、見ていた遠藤にもよくわからない。

「とにかく私としては、お兄様がそんなひどい姿にされてしまったのは、神様たちのお怒りなどではなくて、全然別の呪いじゃないかと思っているの。それはそれで、お兄様にとってはご都合の悪い話だろうから、あまり大きな声では言わないようにしているんだけれど」

「……」

「お兄様も、こんな暗くて汚くて狭いお城で世捨て人のような暮らしをなさらないで、もっと積極的に、まじめに、呪いを解く方法を考えてくださらないと。私は嫌よ、あのお美しかったバスティアンお兄様が、そんな惨たらしい姿のままでいるなんて。それではもう、誰にも見向《むこ》きさせないわ」

さすがに遠藤は黙っておられず、口を開きかけたが、何か言うより先にメリオッサがさっさとソファから立ち上がった。

「では私は、そろそろ行きます。あんまりのんびりしていると、私がお兄様に食べられてるんじゃないかって、外で待っている護衛たちが獣狩りに来てしまうもの。でもお元気そうなのがわかってよかったわ、お兄様ったら、私の手紙に全然お返事をくださらないんだから。たまには葉書の一枚でいいから寄越してよね」

メリオッサはバスティアンの返答も待たず、きびきびと応接室を出て行く。遠藤は彼女のコートを預かっていたことを思い出し、それを持って、あとを追った。バスティアンは応接室に残ったままだ。

「ああそうだわ、城門のところにお土産が置いてあるから、あなた、あとでお兄様のところに運んでちょうだい。宝石や細工物をたくさん用意したわ、美しいものを見ていれば人だった頃のことを思い出して、心まで獣に変わるなんて怖ろしいことにはならないと思うのよ」

「バスティアン様は、醜くも怖ろしくもありません」

とうとう遠藤はメリオッサに言い返した。

だがメリオッサ姫の耳には、『難民風情』の言葉など届かないようだ。

「そうそう、あなた、お兄様に襲われたら、死に物狂いでお逃げなさい。万が一にも、お兄様に生きた人間の血や肉の味を覚えさせないで。血に餓《う》えたお兄様が山を下りたら、大変なことになってしまうから」

「おい！」

メリオッサは遠藤の手からコートを奪い取ると、そのまま城を出て行ってしまった。

追いかけていって、何てひどいことを言う女だと罵ってやりたかったが、それよりもバスティアンだと思い直し、遠藤は走って応接間に戻った。

バスティアンは深くソファに凭れ、疲れたように天井を仰いでいる。

「――よく喋る姫君だろう」

遠藤の気配に気づいているのか、振り返らないままバスティアンが呟いた。

「私のところに行くことを、父王や母君、兄上たちからきつく止められているだろうに。わざわざやってきて、ああして私の姿を悲しがるんだ」

バスティアンは手にしたティ・カップを見下ろしている。水面に映る自分の姿を見ているようだった。

「何て醜い、可哀想に、それでは誰にも愛されない。早く呪いを解いて元に戻るべきだ。……繰り返しそう言う。誰より、もしかしたら私よりも私のこの有様を嘆いている。美しいものを愛する妹にとって、私の姿は耐えられるものではないのだろう」

虚空をみつめるバスティアンの眼差しが、少しうつろなものになっている。

「だから彼女と話すたびに思い知らされる。自分の容姿がどれほど醜く、おぞましく、人には受け入れがたいものだと――」

「呪いなんて、解く必要はないのでは？」

怒りを表に出さないよう、遠藤は必死に平静を装いながら、低い声で言った。

バスティアンがようやく遠藤を見る。訝しそうな顔だった。

「何度でも言うけど、俺にはあなたのその姿がおぞましいとか怖ろしいなんて、到底思えない。その姿でいちゃいけない理由が思いつかない。とても美しくて、強くて、優しくて――悪いところなんてひとつもみつからないのに、わざわざ人の姿になんて戻る必要はありますかね！」

結局最後は、腹立ちに任せて語調が荒くなってしまった。バスティアンが目を瞠っている。

遠藤は我に返った。

「――すみません、大声を出して」

「私の姿をそんなふうに言う人間は、だが結局おまえだけだ、ユウト」

悲しげに笑いながらバスティアンに言われ、遠藤も悲しくなった。

(俺ひとりでは、無意味か)

そう口にすることはできない。言えば少し、惨めになる気がした。

「おまえの言葉が嬉しくないわけではないのだ」

俯《うつむ》きかけた遠藤は、バスティアンの言葉に顔を上げる。バスティアンはじっと遠藤を見ていた。

「たったひとりでも、私に怯えずに一緒にいてくれる人間が存在するということがどれほど救いになっているかは、わかってくれ」

遠藤の隠そうとした気持ちが伝わってしまったのか、バスティアンが労《いたわ》るようにそう言う。

逆に慰められてしまったと、遠藤は今度、情けなさを味わう。

「だが私は……王の子として、兄たちの弟として、彼らのため、国のため、国民のために尽くしたかったんだ」

バスティアンは再び虚空に視線を戻し、囁《ささや》くようにそう言った。

「私の生まれについて、ユウトは誰かに聞いているか？」

「……元いた街で、少し」

「そうか。では私が民からどう思われているかも、知っているのだろうな。……私は正妃の子でありながら、おそらく王になることはない。私はこんな姿になる以前から、すべての人々に疎まれていた」

バスティアンが溜息を吐き出すと、空気の震えるような唸り声になる。

「さっき、妹が言っただろう、私のこの醜い姿は神々の怒りに触れたためではなく、別の呪いではと。そしてそれが、私にとっては都合の悪い話だろうと」

「……はい」

「王族、神々の血を引く者は、戒律を破った時にその怒りに触れる。市井の者たちも罰を受けることはあるが、王族はその罰が誰の目にもわかるほど顕著だ。悪政を行えば病に倒れるか、手脚を失うほどの大怪我《おおけが》をするか、視力や声を失うか……特別な力を得る代わりに、それを悪用した場合に受ける報いは苛烈なものになる」

確実に当たる罰《ばち》ということだろうか。

「その代わり、神々から受ける罰以外の呪いを、王族の人間は受けることがない。ありえない。神の力で守られている者の身に、そんなことがあるなどあってはならないのだ」

遠藤は、以前酒場の老人に聞いた話を思い出した。

――王様は、王妃なんて相手にしてない。どこの男を咥え込んで作った子やら知れたもんじゃねえよ。

「私の母は不義の疑いをかけられている。誰より貞淑な女性がそんな汚らしい噂《うわさ》を立てられていること自体が私には耐えがたいのに、このうえ私のせいでさらにその噂がまことしやかに語られるなど……」

バスティアンの唸り声。悔しげに手を震わせている。

「母は敵国の王の八番目の娘で、他の貴族の娘のように飾り立てて王宮の舞踏会に行くことを夢見たりせず、自分の城で静かに暮らしていたそうだ。明らかな政略結婚だったのに望まれたと信じ、夫となる父との結婚生活を夢見て王宮に上がった。だがそこには、すでに王の寵妃《ちょうひ》がいた。寵妃は身分が低いので正式に結婚はできないまま、だが正妃のように振る舞う賢く美しい女性だった」

「それが、メリオッサ姫の母親……」

「そうだ。寵妃と王の間にはすでに息子が二人、生まれていた。王は寵妃と生まれた子供に夢中だったが、他の王族、臣下たちは、卑しい身分の女と王を正式に結婚させるわけにはいかないと、王を説得して形ばかりの妃を迎えることにした。王と寵妃の仲睦《なかむつ》まじいことは、王都にいれば誰でも知っている。だから内気で世のことを何も知らない母に、白羽の矢を立てたのだ」

「……騙《だま》し討ちのようなものだ」

「まさにそのとおりだ。寵妃の生まれを卑しいと貶《おとし》めながらも、寵妃自身の美しさや聡明さ、優しさを、結局城中の者、国中の者が愛していた。望まれて嫁いだと勘違いしていた十四歳の少女は、周囲の人々から王と寵妃の絆《きずな》を破壊する闖入者《ちんにゆうしや》として扱われた。だから母は病んだ。心身を壊し、王宮の外れにある小さな離宮でひっそりと暮らした。故郷からついてきたたったひとりの年老いた侍女のみを頼りに、決して王や寵妃やその息子たちの邪魔をすまいと、一切の公務も断り、ただただ静かに暮らしていただけなのに——ある日唐突に、一体どんな気まぐれか、王が離宮にやってきた。結婚から十年も経って今さら訪ねてきた王を、世間知らずのままの母はただ喜んで迎えた。そして、私が生まれた」

遠藤には何とも相槌を打ちがたかった。どう感想を述べようとしても、「その王様とかいう奴は男の、いや人間の屑《くず》だ」という言葉しか浮かばない。

だがバスティアンの言葉に恨みや怒りはなく、父親に対する軽蔑も感じられない。あるのは諦めと、悲しみばかりだ。

だから遠藤は、彼の父親の悪口をどうにか飲み込んだ。

「私が王の子であることは、母自身と侍女、何より王自身が知っている。だがその王がその口から民に向けて正式に宣言しない限り、いくら書類上は嫡出子とされていても、『悪女に騙された気の毒な王』という民の見方は変わらない。挙句神の怒りと関わりのない呪いをこの身に受けたなどということがあれば……」

間違いなく、国民はバスティアンを王の子と認めず、彼の母の不義の末に生まれたと、さらに声高に唱えるだろう。

「兄たちはとても優秀で、民想いの方々だ。私は彼らを差し置いて自分が王になりたいなどと望んだことはない。王のことも、賢しい君主として心から敬愛している。あの人たちを手伝い、民の幸福のために尽くすことこそ自分の使命だと信じて生きてきた」

ほんの少しだけ、その使命を思い出したのか、バスティアンの表情が明るくなった。

——それはすぐに潰《つい》えてしまったが。

「だがその道はすでに閉ざされた。私のこの姿が神の怒りに触れたものであれば、教えに背く者として政《まつりごと》に関わることを許されないだろう。神以外の呪いが由来であれば、そもそも神の血を継ぐ王家の人間ではない。どちらにせよ私は、すでに世界から見捨てられた醜い獣なのだ。今も昔も、私の存在は誰にとっても疎ましく、邪魔なものでしかない」

「バスティアン様は、優しすぎる」

遠藤はそっとバスティアンの前に回り込み、彼の前に膝をついた。苦悩に満ちた様子で項垂れる姿を見上げる。

「あなたに一体何の非があって、なぜ悲しまなくてはならないのか、俺にはわからないし……腹が立つ」

遠藤はバスティアンの膝に触れる。ズボンの布の下で、獣の毛並みの感触がした。柔らかなそれを、遠藤はこんなに愛《いと》しいと思うのに。

「俺の話をしていいですか」

そう切り出した遠藤に、バスティアンは少し不思議そうにしながらも小さく頷く。

「俺はここに来る前……元の世界で、バスティアン様とは逆の立場にいたと思う。俺は、父が愛人に産ませた子でしたから」

「……」

バスティアンの視線を感じながら、遠藤は目を伏せた。

「俺の父の家は代々……そうだな、商売人です。国では知らない者がいないだろうというくらい大きな店をいくつも経営していて、そこに至るまでには相当あくどいこともやってきたと思います。『貧しい者から盗まない』というこの国の戒律に、嫌というほど抵触するようなやり方で商売を広げて、人を陥れ、抱き込んで人脈を作り、財産を作り上げてきた家です。商売だけではなく、政治の世界にも何人も身内がいるから、国を動かせる気になっている」

バスティアンはじっと、遠藤の話に耳を傾けている。

「父は先代までと違わず強い選民意識を持つ男で、自分の跡を継ぐに相応しい子供を得るために、正妻の他に何人も愛人を囲って、何人も子供を産ませた。跡取り目当ての他にも、単なる快楽のために遊んだ女も大勢居て、多分そのうちのひとりが俺の母だった」

母は若い頃から水商売の世界に入り、容姿と愛想がよかったために安キャバクラから高級ラウンジに勤めるようになった。そこでごく短期間父のお気に入りとなったが、父とは三十も年齢差があった。お互い本気のわけがない。

「俺が生まれる頃には父と別れ、定期的に振り込まれる養育費を使い潰しながら他の男と遊んで回り、俺は母と同じ店に勤めていた女性たちに犬猫扱いで育てられたようなものでした。それで十二歳になる頃、生まれてからずっと俺に見向きもしなかった父は、急に自分が引き取ると言い出した」

「……なぜ？」

『キャバクラ』や『ラウンジ』という単語は、うまくこちらの世界に訳されて伝わっているのだろう。バスティアンはただ、それだけを訊ねてくる。

「俺が、名門私立中学に首席で合格したことを知ったから。父の正妻の息子はそれなりに優等生だったが、凡庸だった。他の愛人の子たちも、赤ん坊の頃から施していた英才教育に見合うほどの才覚を見せられなかった。俺はその逆で、特別な教育を受けられる環境で育ったわけでもない……むしろ下層の暮らしをしていたのに、やたら出来が良かった。だから父は俺を急に迎えに来て、後継者レースに参加させると一方的に宣言した」

おまえは俺の若い頃に似ていると、『どうだ、嬉しいだろう』と言わんばかりに自分に告げた父親のことを、遠藤は最初から嫌いだった。

同時に、これが自分の人生における唯一にして最大のチャンスだということがわかっていた。

ここを逃せば一生負け犬だぞと。

「散々男と遊び歩いて俺の世話を他の女性たちに任せていた母が泣き喚《わめ》いて俺を止めようとしたけど、まったく後ろ髪を引かれることがなかった。俺は父の家で暮らすようになり、父が望むとおり名門の高校、大学に進み、父の会社に入って間もなく、正妻の子である兄を差し置いて、俺が父の後継者であると、誰もが認めるようになっていた」

「……なるほど、私の立場がユウトの兄と同じということか」

バスティアンが、小さく何度も頷いて呟く。遠藤も頷きを返した。

「はい。バスティアン様は王や兄王子たちを尊敬していると言ったけど、俺の兄は内心とても面白くなかったと思います。彼は俺より二十も年上でしたし。でも父の機嫌を損ねれば、後継者争いどころか、グループ企業のどこにも居場所がなくなる。だから俺と会ってもいつも笑顔でした」

今、元いた場所で自分はやはり死んだことになっているのだろうか。それとも行方不明だろうか。どちらにせよ、そろそろ自分の代わりに新たな跡継ぎが物色されている頃だろうなと遠藤は思う。

「俺は父のやり方が嫌いです。才能にこだわるなら血筋にはこだわらなければよかった。血筋にこだわるなら才能なんて度外視して、正妻の子を跡継ぎに据えればよかった。しかもまだどちらを実際の後継者にするとは言わないままだから、余計な派閥争いのようなものまで生み出した」

「ユウト自身は、父君の後を継ぎたくはなかったのか」

訊ねられ、遠藤は小さく首を傾げた。

「当然のように、継ぐつもりでした。だって誰が見てもそれが一番素晴らしい道だ。金銭的に何不自由なく、将来は安泰で、多くの物が手に入る。本妻の子としてのうのうと生きていたくせに凡人にしかなれなかった兄の向上心のなさは軽蔑していたし、同じ愛人の子でありながらまともな教育を受けて、でも俺に勝てない他の兄たちのことも。だから他の誰にも負けたくなかった。でも」

「でも?」

「……そんな俺を誰も知らないこの世界に来て、俺は今すごく、肩の荷が下りた気分になってる。それで気づいたんです、自分で選んで父の許に行ったつもりだったけど、本当はそんな立場ちっとも望んでいなかったんだって。いつでも父の跡継ぎだという目で周りから見られて、自分もそう振る舞おうとして、安らぐ時がなかった」

数少ない楽しみが、動物園通いか、動画の閲覧だ。

客観的に見て、遠藤は自分が気の毒に思えてきた。

「俺は遠藤家の跡取りでも、遠藤グループの次期代表取締役でもない、ただの侑人だ。そう言える今が、すごく気楽で、身軽で、楽しい。こんなに楽しいことって、人生で初めてなんです」

遠藤は顔を上げて笑った。バスティアンは相変わらずじっと遠藤をみつめている。

「俺を産ませたのも、俺を引き取ったのも、全部父の都合だ。利用してやるつもりだったけど、結局踊らされていただけな気がする。俺は自分の父親が嫌いだし、バスティアン様の父親も嫌いです。勝手すぎる。バスティアン様の母親とそういうことになったのは、まあ仕方ないとして、だったら正妃の子だと自分の口で明言して、次の王はバスティアン様だと宣言するか、さもなければ正妃の子だけど跡は継がせないってはっきり言うべきだ。それもせず、こんな城に閉じ込めて、妹が会いに来ることすら咎めるなんて、卑怯《ひきょう》にも程がある」

バスティアンの父親を悪く言うつもりはなかったが、遠藤は結局、我慢できずにそう漏らしてしまった。

「バスティアン様も、言葉を濁したりせず言えばいいんだ、自分の父親は人間としては最低の部類だって。王としてどうだかは、余所者の俺にはわかりません。でも男として、人として、最悪ですよ」

「――」

バスティアンは二の句が継げない様子だった。

言葉は出さないが、動揺しているのが遠藤にも伝わってくる。

「そんな……、……だがしかし、彼は、王だ。神の血を継ぐ正当の王を罵倒するなど、不敬な」

「王としては尊敬している、でも人としては嫌いだ！　……でいいんですよ、それはそれ、これはこれとして」

「……、……」

低い唸り声を何度も発して、バスティアンが落ち着かなく首を振った。

遠藤はその大きな片手を、両手で強く握り込む。

「いいんです。ここには俺しかいないし、誰にも聞こえない。それともこの世界では、偉い人の悪口を言うことでも罰が当たるんですか？」

唸り声と一緒に、絞り出すようなバスティアンの言葉が聞こえる。

「私は、父が嫌いだ。他に寵愛する人がいながら母との婚姻を受け入れた狡《ずる》さも、そのくせイレーネ様を裏切り母と契った心の弱さも、なのに母や生まれた私を守ることなく素知らぬ顔でいられる父上の卑怯さが、大嫌いだ！」

遠藤はさらに強く、バスティアンの手を握り締めた。

「神の罰を受けたことが不吉だからと私をここに遠ざけたわけではない、父は自分が私の牙や爪に裂かれることを最も怖れている。後ろめたいことがあるから、私が怖ろしいのだ。私は——私には決して、そんな気持ちはないのに！　父の弱さも愚かさも厭《いと》わしいが、それでも王としてのあなたを……父としても、愛しているのに……！」

唸り声から、咆吼《ほうこう》に近い音をバスティアンが上げる。遠藤は耳がびりびりしたが、気にせず、バスティアンの頭を両腕で抱き込んだ。

「いっそ醜い獣として殺してくれればよかった。人を襲う猛獣は、剣と槍と石とで処分される。殺すことすら怖ろしいのであれば、死ねと命じてくれれば、こんな姿でいるよりもいっそ——」

「駄目です」

ぎゅっと、腕に一杯の力を籠めて、遠藤はバスティアンの頭を抱き締めた。首に縋《すが》りついた、

「——嫌いだ」

と言った方が近いかもしれない。

「嫌です。バスティアン様は醜くないし、人を襲わない。殺される理由がない」

「だが！」

「――俺にこんなことを言われたところで、意味がないんだろうけど」

反論しようとしたバスティアンの声が、遠藤の呟きを聞いて途切れる。

「あなたにとっては何の価値もない言葉しか持っていないけど、無意味だろうと言わずにいられないから、言います。俺はバスティアン様が好きです。その姿が本当に美しいと思うし……とても優しいから、大好きだ」

「……どこを見て、そんなことを言える」

取り乱しかけていたバスティアンが、少し落ち着きを取り戻した声で、遠藤に訊ねる。

バスティアンを落ち着かせるつもりで抱き締めていたが、遠藤は腕の力を解くことなく、その毛並みに頬を寄せる。

獣に触れることを夢見ていた時に想像していたようなふわふわした感触とは程遠かったが、バスティアンに触れているのはとてつもなく心地よかった。

「最初に俺に出ていけと言ったところから。何度も俺を追い出そうとした」

「……ユウトの前に来た者たちがどうなったのか、ずっと気になっている。泣き喚いたり気を失うほど怯えさせられた挙句、役目を果たさず逃げ出したことを咎められ、ひどい目に遭わされてはいないかと。もっとうまいやり方があったはずなのに、心が沈んで何もかも面倒で、ただ追い出すことしかできなかった」

「ほら、優しい」

遠藤は少しだけバスティアンから身を離して立ち上がり、相手の頬を両手で挟むと、美しい瞳を覗き込んだ。海の底のような深い青。人であった時のバスティアンの瞳も、きっとこの色をしているのだろう。

「バスティアン様の優しさを知らず、見た目だけで怯える人を相手に、憎みも恨みもせずにいられるなんて、お人好しすぎる」

「それだけ私の姿が醜くおぞましいということだ。怯えた者に非はない」

「とんでもない料理しか作れない俺に、包丁の使い方から教えてくれた。放っておいたって、俺がまずいものを食べる羽目になっただけなのに」

「それは……ユウトの料理が、あまりに凄《すさ》まじい臭いだったから、あんなものを食べたら死んでしまうと思って」

「俺が死んだって、バスティアン様に不都合はなかったでしょう?」

バスティアンの両方の瞳が、不満そうに狭まった。

「世話係が死ねば、不都合だ」

「追い出そうとしたくせに、俺を」

「……」

バスティアンの瞳がさらに細くなる。

「おまえは意地が悪いし口が回るな、ユウト」

「育ちが悪いもので」

むっと、不貞腐《ふてくさ》れたように鼻の頭に皺を寄せるバスティアンが、不思議と可愛《かわい》らしく見えた。

拗《す》ねているかもしれないのに、遠藤はつい顔を綻ばせた。

「何を笑っている」

「いえ。バスティアン様が、本当に大好きだなと思って」

ずっと、大きな獣に触れられたら、どれだけ幸せだろうと思っていた。

夢見ていた幸福よりもずっと強い想いを遠藤が今感じているのは、バスティアンの姿があまりに理想どおりに美しく逞しいだけではなかったからだ。

(こんなに優しい心を、他に知らない)

愛しくて、胸の奥と目の奥が熱くなる。

悲しまないでほしい、と思う。

バスティアンの美しさも優しさもわからないような人たちに傷つけられて、殺されてもいいだなんて、言わないでほしい。

「……おまえが妙なことばかり言うのは、他の世界から来た者だからか」

「さあ、どの辺りが妙なのかわからないので、何とも」

「こんな……醜い生き物を、好きだ、などと」

「俺には醜く見えないんです。それにもし俺の目が見えなかったとしても、きっと好きになったと思うな」

「この姿が見えないのだ、それは当然だろう」

遠藤は声を立てて笑った。

「そうです、当然です。姿と関わりなく、バスティアン様は好かれて当然の心の持ち主だ」

「違う、そういうことを言ったわけでは——、……まったく」

まいった、というふうに、バスティアンが大きな息を吐き出す。

「本当におまえは、よく口の回る人間だ」

「建前とか、言いくるめたくて、言っているわけではないんですけどね」

そう思われていたら少し悲しいと、遠藤は声を落とした。

調子に乗りすぎて誤解されてしまっただろうかと、図々しくバスティアンの頬に触れている自分が急に恥ずかしくなって、手を離そうとする。

それより先に、バスティアンの手が、そっと——決して遠藤を傷つけまいと強く心に言い聞かせている仕種で、おそるおそる、遠藤の手を押さえた。

「そうではない。咎めたわけではないのだ」

逸《そ》らしかけた視線を、遠藤はまたバスティアンの瞳に戻す。バスティアンも遠藤の目を、奥まで見通そうとするかのように覗き込んでいた。

「嬉しい、のだと思う」

「——よかった」

ほっとして、遠藤はまた図々しく、バスティアンの方へ身を寄せた。

「他の誰が何と言おうと、俺は本心でバスティアン様の見た目も、心も好きです」

好きです、と言うたびに、遠藤の気持ちが軽くなる。

(そうか。こんなことを誰かに言ったのは、初めてだ)

誰のことも好きではなかった。興味も持てなかった。男に溺れて未婚のままに自分を産んだ母も。そんな母と自分を省みず、なのに利益になるとわかれば手許に呼び寄せて、望みもしない環境に放り込んだ父も。二十も離れた愛人の子に媚《こ》びる兄も。犬や猫の子のように気が向くまま自分を可愛がり、嬲《なぶ》り、時には虐待としかいいようのない行為を笑いながら繰り返した水商売の女たちも。そんな女たちと暮らしている自分を遠巻きにしていた教師も、クラスメイトたちも。中学に入れば「遠藤家の子供」だからと擦り寄るようになった周りの人間も。

(あいつだけは唯一、嫌いではなかった。でもやっぱり、好きではなかった)

たったひとり、友人と呼べる存在。永野《ながの》は父親に引き取られなかった場合に遠藤が向かうかもしれなかった先だ。だから永野が傷つく姿を見ることが嫌いだった。永野に感じていたのは友情ではなく同情だ。彼の前で、本当はずっとうしろめたかった。

「元の場所で手に入れられるはずだったものの、どれもいらない。今ここでバスティアン様のそばにいられることが、生涯で一番幸せだ」

頑丈そうな首に、遠慮なくぎゅうぎゅう抱きついていると、背中が重たくなった。――バスティアンも、遠藤の体を抱き締めている。

バスティアンは力を入れないよう細心の注意を払っているようだったが、軽く抱き締められても息苦しくて、その苦しさが、遠藤には心地好い。

（ああ、あたたかい）

夢が叶ってしまった。

遠藤はずっと、こうして大きな獣に――誰かに、抱き締めてほしかったのだ。

5

バスティアンとの距離が、急激に近くなった気がした。

一緒に食事を取ったりお茶を飲んだりするようになってからも、最初の頃に比べればバスティアンの雰囲気は和らいではいた。

だがメリオッサが来訪した日以降は、明らかに遠藤《えんどう》が部屋を訪れることを喜び、毛並みの手入れをすることに心地よさを感じていることを、隠さなくなった。

今も夕食のあとにバスティアンを入浴させ、寝室に戻ってベッドの上で石鹸《せっけん》のいい匂いがする毛並みをタオルで丁寧に拭く間、バスティアンはごろごろと喉を鳴らしながら遠藤の方へ頭を擦《こす》りつけるような仕種《しぐさ》をしている。

（し……幸せすぎて……）

バスティアンは自分を信頼して、安心して、身を預けてくれている。

この状態になってわかった。以前もこうして風呂に入れて毛を乾かすことがあったが、あの頃はここまでリラックスしていなかった。ブラッシングが心地いいので喉を鳴らしてはいたが、緊張していたのだ。あまり動物らしい動きをしないよう自分を律していたか、遠藤を何かのタイミングで傷つけないように気を張っていたのか、あるいは遠藤が実は怯《おび》えているのだろうと疑っていたか。

「そこだ、もう少し、耳の裏を強めに搔《か》くように」

「はい、はい」

今ではバスティアンはそんな注文を付けるようにもなり、遠藤の前では自由に振る舞っている。それで遠藤が怯えることなど断じてあり得ないと、理解してくれたようだ。

「やっぱりよく洗って、丁寧にブラッシングを繰り返してきたから、ずいぶんと見栄えがするようになりましたよ」

バスティアンに告げる声音は、我ながら自慢げになってしまった。しかし誇りたい。舐《な》めるだけの身繕いでは至らなかった部分が、遠藤の手により本来持つ輝きを取り戻している。バスティアンの毛並みは上等という言葉では足りないほどに上等だ。

（これを間近で見られないなんて、国中の奴《やつ》ら——王もバスティアンの兄弟たちも、気の毒だ）

遠藤は本気でそう思う。

「そういえば、バスティアン様の母君は、会いにいらっしゃらないんですか」

ずっと気になっていたが聞けなかったことを、遠藤はバスティアンの気分がよさそうな今を見計らって、訊《たず》ねてみた。もし母親すらもこの姿になった息子を拒んでいるとしたら、答えさせることで彼を傷つけてしまいそうだから、聞けなかったのだ。

自分を信頼してくれるようになったバスティアンなら、遠藤が決して彼を悲しませるために質問したのではないと、わかってくれる気がする。

「母は、体の弱い方だからな。元気すぎるほど元気なメリオッサと違って、輿《こし》で運ばれても、この雪山は体に毒だ」

それに、とバスティアンが続ける。

「この姿を見れば、母はまた泣いて、泣き疲れて、臥《ふ》せってしまう。私が獣になったのは、自分が至らないせいだと散々泣いていた。私に喰《く》われても構わないから城についていくと言うのを、振り切ってここに来た」

「そう……ですか」

それでは彼の母親もまた、結局はこの姿を醜くおぞましいものと思っているのだ。

そして、自分の息子は、人を喰うけだものになってしまったと信じている。

「誤解が解けるといいですね」

ほかに言いたいことは山ほどあったが、何を言っても余計なことになりそうで、遠藤はそれだけを短く答えた。

するとバスティアンが、低く喉を鳴らして笑う。

「何ですか」

「ユウトは私を優しい優しいと言うが、優しいのはおまえの方こそだと思ってな」

「違います。俺が優しくするのは、バスティアン様に対してだけですので」

否定する遠藤に、バスティアンがまた笑う。

「そうか。それは、光栄だな」

バスティアンは嬉《うれ》しそうだ。遠藤は、毛並みをタオルで乾かす合間合間にその体に抱きつきたくなる衝動を堪《こら》えるのに、苦労した。濡《ぬ》れたまま身を寄せると、遠藤の体が冷えることを心配したバスティアンが嫌がるのだ。

「ドライヤーがあればなあ」

「ドライヤー?」

「温かい風が出て、あっという間に髪が乾く機械です」

「そんなものはなくても、放っておいたって乾くだろう」

それはそうだ、実際のところ、遠藤がわざわざタオルで拭かなくても、バスティアンの濡れた体はすぐに乾く。

「だが、毛を乾かすために温かい風が出るというのは、おもしろいな。ユウトもそれがあれば助かるだろう、この城は雪山の中にあってずいぶんと冷える」

「魔法で作れたりしますか?」

何しろこの世界にはまだ電気が通っていないので、自分の知っている仕組みでドライヤーを作ろうとしても、遠藤には難しい。

「言っただろう、そう便利なものではないぞ、私の力は。何でも簡単にできるなら、新たに浴室を作ることもなかっただろう」

バスティアンに言われて思い出す。つい先日、城の一階にある空き部屋をひとつ、浴室に改築した。以前よりバスティアンも遠藤も頻繁に風呂に入ることにしたから、庭の水汲《みずく》みポンプからバケツで水を運び込むのに難儀していたのだ。

遠藤の提案で、ポンプから浴室に水を流し込むまでの間に火を焚《た》いて湯にする仕組みをつけた。魔法でそういう装置が作れないものかと訊ねた遠藤に、バスティアンは困った顔で笑ったものだ。

『水を湯に作り替えることはできなくもないが、毎日大量にだと、湯が溜《た》まりきる前に昏倒《こんとう》するな』

そうなっては困るので、渋るバスティアンを押し切って、外部の職人を呼ぶことにした。幸い、数は少ないものの街にある大衆浴場で、そのような仕組みが実際使われているという。

当然ながら職人の方も、バスティアンの住む城にやってくることを、相当嫌がっただろう。城に現れた男たちは、死刑宣告を受けたような顔をしていた。

『はぁ、獣野郎……いや、獣の王子殿下が、生意気にも風呂に入るんで？』

職人一筋で礼儀作法など欠片《かけら》もなさそうな男たちの言葉に、遠藤は持ちうる限りの寛容と上品さを掻き集めて、微笑《ほほえ》んだ。

『勿論《もちろん》、バスティアン様は綺麗《きれい》好きだし、入浴は健康にもいい。――仕事に不服がありますか？　高貴な方の使うものだ、万が一手抜きでもあれば大変なことになるが……』

『とっ、とんでもない』

遠藤の笑顔をどう解釈したか、工事は非常に迅速に、かつ完璧に進められた。改築と設備の設置に十日はかかると言われていたのが、一週間後には実際風呂に入れるようになっていたのだ。

遠藤はバスティアンと相談して、あらかじめ伝えていた倍の報酬を職人たちに手配した。金額を聞いてさすがに職人たちは驚き、飛び上がるように喜んで、城を去って行った。

「あの時のことは感謝する、ユウト。工事の間、職人たちに何かと気配りをしてくれただろう」

「少しでも悪評を立てられたら、腹が立ちますから」

工事の間、遠藤はバスティアンの指導の下で培った料理の腕を遺憾なく発揮し、朝昼晩とたっぷりの食事でもてなし、昼前と昼下がりには休憩を呼びかけてお茶を出し、彼らの寝起きする部屋はあらかじめ念入りに磨き上げて寝具を暖め、清潔な寝間着やタオルを用意しておいた。

職人は五人もやってきたので、使用人たちに手伝ってもらってもよかったのだろうが、もし自分の知らないところで職人たちとバスティアンの陰口を言い合う状況になったらと思うと――そして必ずそうなるだろうと考えたら――とても彼らに任せる気にはならなかった。

バスティアンと同じ城内で眠ることを、職人たちは最初露骨なほど嫌がり、怖がったが、三日目ともなればすっかり気に入ったようで、遠藤にも気安く話しかけるようになっていた。

その間、バスティアンは職人たちの前に一切姿を見せず、彼らもバスティアンの名を口にしようとしなかった。少しでも悪く言う素振りを見せれば、いつもにこやかに自分たちの世話を焼く遠藤が吹雪のように冷たい態度になるので、『触らぬ神に祟《たた》りなし』とばかりに、バスティアンをいないことにしてしまったのだ。

バスティアンの悪口を聞かずにすんだのは嬉しいが、かといって存在を無視されて嬉しいわけでもない。

(本当に、この美しい姿を見られないなんて、気の毒な奴らだ)

そう思って溜飲《りゅういん》を下げるしかなかった。

「前にもお話ししましたけど、彼らも最後には、バスティアン様に感謝の言葉を伝えてほしいと俺に言ったんです」

「全部、ユウトの手柄だ」

「仕えているのがバスティアン様じゃなければ、そもそも職人たちの世話なんてしませんでしたよ」

遠藤がこういう言い方をするたびに見せるやり方で、バスティアンがまた笑った。

「職人が来てくれたのはありがたかったが、しばらく外で茶の時間を過ごせなかったのが、つまらなくもあったな」

　バスティアンの言葉には遠藤も同感だ。職人が城にいる間、バスティアンが決して寝室から出ようとしないもので、遠藤はそこに食事やお茶を運び、風呂にも入らないというバスティアンの毛をブラシで磨くだけで、いつものように中庭でお茶を飲んだり、茶菓子を摘まみながらのんびり語らったりすることはできず、物足りなかった。

「バスティアン様の城なんだから、バスティアン様が身を潜めるようなことをしなくてもよかったのに」

　遠藤はバスティアンの乾いた毛並みを、今度はブラシで磨くように整える。右手でブラシを動かしながら、左手で毛並みを整えるふりで、その感触をこっそり堪能《たんのう》した。

「そうはいっても、あまり気軽に私が姿を見せて驚かせては、職人たちも気の毒だろう」

　そう言うバスティアンの口調は、冗談めいてさらりとしている。その変化が遠藤には嬉しかった。

　少し前なら、自分が醜くおぞましい存在であるということを、すべて自分の罪であるかのように語っていた。

　それが遠藤にはもどかしく、ひどく悔しかったのだ。

（俺が、この姿が好きだと伝えたおかげ――だと、さらに嬉しいんだが）

　そのあたりは、照れ臭くてたしかめることはできなかった。

だがおそらくそうなのだろうという確信もある。

「よし、完璧だ」

バスティアンの毛並みは隅々まで艶やかに整えられた。この毛並みを誰にも見せつけられないのは、とても惜しい気がする。

（動画配信でもしたら、世界中の俺が高評価を付け続けるぞ）

本気でそう思うと同時に、遠藤はこの美しい獣を独り占めできることに、優越感も感じてしまっていた。

「ではシーツを替えますね」

濡れたシーツを夜に替え、新しいシーツでバスティアンに気持ちよく眠ってもらうのが遠藤の日課になっている。大きなベッドのシーツ交換も、すっかり手慣れたものだ。

しかし今日も張り切って城のあちこちを掃除したり、次から次へと出てくるしまわれたままだったリネン類の洗濯を大量に行ったせいで、疲れてしまった。

そんな遠藤が、ベッドメイクの最中に一瞬だけうつらうつらしてしまったところを、バスティアンは見逃さなかった。

「眠たいのではないか、ユウト」

「ああ――すみません、すぐ終えますから」

「そうではなく」

慌てて俯《うつむ》いていた顔を上げようとした時、ふわりと、体が浮いた。

「えっ」

バスティアンに、軽々と体を抱き上げられている。そのまま、そっと、あまりにも慎重な仕種で、ベッドの上に横たえられた。

「今日は少し遅くなった。一階に戻るのも骨だろう。ブラシをかけている時から時々眠りそうになっていたことに、気づいていたぞ」

バスティアンの言うとおり、ブラシを使い、彼と会話をしている合間も、ひそかに睡魔と戦っていた。疲れていると気づかれたら、いいから早く部屋に戻れと言われる予感がして、必死に隠していたつもりだったのだが。

「いいんですか？」

遠慮する気など、さらさら起きない。遠藤は眠気など吹き飛んでしまったが、喜々としてバスティアンに訊ねた。

「ああ。私は床か、カウチで休む」

「それは駄目です。こんなに広いベッドなんだ、一緒に寝ましょう」

バスティアンはそう言い出す気がして身構えていた遠藤は、すぐさま、自分の隣を叩《たた》いた。

「しかし……」

ひどく困惑している様子のバスティアンに、遠藤は執拗《しつよう》にベッドの上を叩く。

「もしあなたの爪や牙が俺を傷つけることを気に懸けているなら、不要な心配です」

「うん？　――ああ、そうだな。勿論それも、心配だ」

「それ『も』？　他に何が……寝返りを打って俺を押し潰す心配も要りませんよ、こんなに柔らかいベッドなんだ」

「まあ、そうだな、それも」

バスティアンは妙に歯切れが悪い。遠藤は首を捻《ひね》った。

「どうしてもバスティアン様がベッドでは寝ないというのなら、俺は自分の寝床に戻りますけど」

バスティアンは遠藤の主《あるじ》なのだ。主を床やソファで寝かせて、自分ばかりふかふかのベッドで眠るなど、ありえない。

(主と一緒のベッドで寝るというのもあり得ないかもしれないが、それはそれで)

不都合なことには目を瞑《つむ》る。すました顔をしているが、遠藤の内心は期待でいっぱいだった。

「……わかった。では、私もベッドで眠ろう。後悔するなよ？」

「はい？」

何の後悔をすることなどあるものか。遠藤は満面の笑みで、バスティアンの居場所を空けるために体を少し横にずらした。

バスティアンがベッドに腰を下ろすと、ずしんと、マットが深く沈んだ。足許《あしもと》に畳んであった上掛けを、自分と遠藤の体に掛けながら横たわる。

（ああ――いい匂いだ）

石鹸の匂いと、人とは違う強い体臭。かといって動物園で味わった独特の臭いともまた違う。目を閉じて吸い込むと、遠藤はとても幸福な心地になった。

（それにこの、毛並み）

また遠慮もなく、遠藤はバスティアンの方へ身をすり寄せた。バスティアンは遠藤に背を向けて横向きになっている。背中の毛に頬をつけて、その温かさを堪能した。

（心臓の音が、よく聞こえる）

バスティアンが少し身動《みじろ》ぎした。目を閉じたままの遠藤の瞼《まぶた》の向こうが、ふっと暗くなる。枕元のランプの火を落としたのだろう。

「バスティアン様。こちらを向いてくれませんか」

背中にくっつくのもよかったが、遠藤の望みは、獣に抱かれながら眠ることだ。

「……危険だぞ」

「大丈夫です。信頼していますから」

「ぐ、ぅ……」

バスティアンは、遠藤が今まで聞いたこともないような、おかしな調子の唸《うな》り声を漏らした。呻《うめ》き声のようにも聞こえた。

「バスティアン様？」

「……おまえは怖ろしい男だ、ユウト」

「え？」

遠藤はバスティアンを怖れたことは一度もないが、バスティアンが自分を怖れることも想像していなかった。遠藤が面喰らって目を見開くと、バスティアンがゆっくりと寝返りを打って、遠藤の方へと向き直っている。

嬉しくて、遠藤は顔を綻ばせた。

「小さいな」

ぽつりと、バスティアンが呟いた。

「バスティアン様の腕に収まりますよ」

調子づいて、遠藤はさらにバスティアンに近づき、ぴったりと寄り添った。

バスティアンの体は、まだ信頼してもらえる前にブラッシングをしていた時のように、少し硬直している。

(俺を傷つけないように、怖がっているのか……)

大丈夫だ、と証するように、遠藤はバスティアンの胸辺りに顔を埋《うず》めた。

「こうやってしっかりくっついていれば、むしろ安全でしょう」

バスティアンが遠藤を押し退けようとしない限り、何の危険もない。

「おやすみなさい、バスティアン様」

「……ああ。おやすみ」

バスティアンの返事を聞きながら、遠藤はうっとりと瞼を閉じる。

毛並みの感触は最高だった。喩《たと》えようもないほど気持ちがいい。つい何度も頬をすり寄せてしまう。幸福で幸福で、叫び出したいくらいだ。

ひとり遠藤がそんな気持ちを噛《か》み締めていると、バスティアンがまた妙な呻き声を漏らした。

どうかしたのかと問う前に、ぐっと体が圧迫される。

バスティアンの腕が遠藤の背中に回り、さらに、相手の体と密着する形になった。

（……ああ……何て……）

幸せなんだ。

改めてそう感じながらも、遠藤は自分がおかしな具合に狼狽《ろうばい》していることに気づいた。

バスティアンに抱き締められて、気持ちよさの質が、何だか少し、変わった気がする。

心臓がどくどくと、やけに速く脈打っている。

このまま離れたくないと本心で思っているのに、なぜか少し、身の置き所がない感じがする。

背中や足の辺りが落ち着かず、じっとしていられない気分になってきた。

（何か——ぞくぞくする……）

滅多に引かない風邪を引いたような、悪寒に似たもの。それが背筋を駆けのぼり、身震いしそうになる。

「……ユウト」

低く、微《かす》かな声で、バスティアンが遠藤を呼んだ。

少し身動ぎして、相手の胸に埋めていた顔を上げる。

思いのほか間近にバスティアンの顔があった。それがさらに近づいてきて、鼻面が頬を掠《かす》める。

「ははっ」

それがくすぐったくて、遠藤は思わず首を竦《すく》めた。

バスティアンはさらに鼻面を遠藤に押しつけてきて、頬ずりするような仕種をしている。間違っても自分の牙が遠藤の頬を傷つけないよう注意していることが伝わってきて、遠藤の胸の中に、そんなバスティアンに対するとてつもない愛《いと》しさが一気に湧き上がって、溢《あふ》れそうになった。

遠藤はバスティアンの頬を両手で押さえ、自らもその鼻面に接吻《くちづ》けた。牙にも唇で触れると、バスティアンの体が強張《こわば》る。大丈夫、というふうに遠藤はバスティアンの大きく裂けた口の端を掌《てのひら》で擦った。バスティアンは陶酔したように喉を鳴らした。

(俺は、何ていうことを、簡単に口にしたんだ)

好きだ、などと。

バスティアン様が大好きです、などと。

思い返すと、顔中が火を噴きそうな恥ずかしさに襲われた。

これまで深く考えず、思ったままを何度も口にした。事実バスティアンのことは好きだ。でもそれは単純な友情ではなかった。理想の生き物に対する愛着でも、傷ついている心に対する同情でもなかった。少しずつはあったかもしれないがすべてではない。

一番奥深くのところで感じるのは、今まで経験したことがないような、もっと生々しい衝動だった。

（もっと近づきたい。抱き締められると苦しくて、嬉しい）

きっと自分は一生誰にもそんな感情を持つことがないと思っていた。どうせ父の選んだ誰かと結婚させられる。だらしない女とだらしない関係を結んで『不幸な』子供を作るよりはるかにましだ。そう無意識のうちに禁忌にしていた心が、唐突に解放された。

（こんな心を、あんなに簡単に相手に伝えて、平然とした顔で過ごしていたなんて）

バスティアンはおそらく、気づいていたのだ。遠藤すら把握できなかった心を。だから同じベッドで眠ることに躊躇《ちゅうちょ》した。

そしてバスティアンも――似た感情を、遠藤に向けてくれている。

（好きだ）

バスティアンも同じならいいと、幸福なのに痛む胸で考える。きっと同じだと感じているのに、不安で泣きたくなる。

「――これでは、いつまでも寝られないな」

しばらく夢中になって身を寄せ合い、その心地よさに身を浸していたが、先にバスティアンの方が我に返ったように呟《つぶや》いた。

遠藤は物足りない気分だったが、頷《うなず》く。

「そう、ですね」

自分の声がワントーンくらい上がっているようなのが、気恥ずかしい。すっかり舞い上がっている。

バスティアンはそんな遠藤にふと優しい眼差《まなざ》しを向けると、最後に遠藤の額に鼻先をつけてから、体の力を抜いた。

「おやすみ、ユウト」

「……おやすみなさい、バスティアン様」

情動としか呼びようのないものをどうにかやり過ごして、遠藤はバスティアンにゆるく抱かれながら目を閉じた。

結局ずっと精神が上擦ったまま、心臓の音がうるさくて、なかなか寝つけなかった。

◇◇◇

それからどちらが言い出したわけでもなく、遠藤は毎晩バスティアンと一緒のベッドで眠るようになった。

「……おまえがいると、よく眠れる」

三日目に、バスティアンがいつものように遠藤の体をすっぽりと抱き込みながら呟いた。

「そうですね、俺も。こんなにぐっすり眠れたことなんて、今までなかったかも」

寝入るまではそわそわしているのに、一度眠りに就くと、快適な目覚めを迎えるまでぐっすりだ。

子供の頃からずっと眠りが浅く、この世界に来てからは疲労困憊《こんぱい》して泥のように眠り込むことはあっても疲れが取りきれることはなかったというのに。

目覚めて真っ先に目に入るのがバスティアンの姿だというのも、素晴らしい。

(この城の使用人たちのやる気がなくて、よかった)

きっと他にバスティアンの世話をする者がいれば、こんな僥倖《ぎょうこう》に恵まれなかっただろう。

「この姿になってから、夜に目が冴《さ》えて、昼間は眠たくて仕方がなかった。だがこの二日、昼間それなりに目が冴えている」

バスティアンは穏やかな表情と声音で言った。

いつもは身支度をしてからバスティアンの部屋に向かうところだが、今は最初から同じ部屋にいるので、遠藤はまずバスティアンの身なりから整えた。またブラシをかけ、寝間着を着替えるのを手伝い、最後にぴんとした髭《ひげ》の形を整える。

バスティアンは執務室に向かい、遠藤はそれから着替えをして、キッチンで簡単な朝食をとり、城の手入れを始める。

昼下がりにバスティアンと一緒にお茶を飲み、干しておいた洗濯ものを取り込み、夕食を仕込む。

バスティアンと一緒に夕食を取ったあと、バスティアンの入浴を手伝い、自分も手早く湯を浴びて、バスティアンの寝支度を調えて、一緒のベッドで眠る。

すべてが楽しく、遠藤はずっと幸せだ。会社にいた頃、国が関わるような大きな仕事を動かしている時にすらまったく感じなかった充実感や誇らしさが、常に体の中に満ちている。

今が生きているということならば、以前の自分こそ死んでいたのではと、遠藤には思えるほどだ。

予想外に、城の使用人たちともいい関係になってきた。風呂場はバスティアンの指示で、彼ら用のものも新たに作った。それにバスティアンのために取り寄せた高級なお茶やお茶菓子も分け与え、何かと彼らを気に懸けるようになったら、彼らの方からも遠藤に気安く声をかけてくる機会が増えたのだ。

『あんたが来てから、ここでの暮らしがずいぶんとマシになったよ。荷運びの手配も全部あんたがやってくるから、楽なもんだし』

バスティアンは城に幽閉されたことで自分自身も殻に閉じこもり、とても周囲の人たちを気に懸ける余裕がなかったのだろう。この二年間、使用人たちの暮らしには、必要最低限のものしか与えられなかったのだ。

『なかなかあなたたちの生活にまで気が回らなかったことを、バスティアン様は詫《わ》びていましたよ』

遠藤が言うと、使用人たちは揃《そろ》って驚いた顔になった。

『詫びた？　獣が……いや、王族が？』

使用人たちにとって、『獣野郎』にそんな心根があったことも不思議だし、『偉い人』が自分たち下々の人間に謝罪することも、あまりに予想外だったようだ。

『必要なものがあれば、また俺に伝えてください。バスティアン様と相談して、外から取り寄せますから』

気づけば遠藤は、城に運ばれて来る荷物の手配まで任されるようになっていた。城中の備品や消耗品をチェックして、足りないものを使用人のリクエストと併せて書類にまとめる。遠藤は会話はできても読み書きがまったくできなかったので、バスティアンの講義を受けて基礎から覚えて、どうにか商品の注文書が書けるまでになった。

遠藤が書いた注文書に、バスティアンがサインをして、前回頼んだ荷物を運びに来た者に渡す。遠藤が来るまでは、最初に決められた食料や着換え、リネン類のみが月に二度城まで運ばれてきていたようだ。

遠藤が来てから二ヵ月以上が経《た》つと、廃城にしか見えなかった城の、少なくとも内部は、ずいぶん人の住処《すみか》らしくなった。ひとりで管理するには広すぎるので、完全に磨き上げることは不可能だったし、前庭や中庭の手入れまではとても行き届かなかったが。

困ったことが起きたのは、いつもどおり夕食の支度をしている時だった。

「うわっ、鼠《ねずみ》……⁉」

整理したはずの食料庫が荒らされていた。干し肉や野菜、調味料のストックを入れておいた箱が食い千切られ、中身もボロボロになっていたのだ。慌てて何が起きたのかとたしかめようとした時、箱と食料の残骸から掌大の生き物の群れが飛び出してきて、遠藤は思わず悲鳴を上げた。

あっという間に逃げ去ってしまったので一瞬しか見えなかったが、おそらく鼠のような生き物だ。今まで城内でそんなものを見た覚えがなかったので、遠藤は仰天した。

「多分、ユウトが城の住み心地をよくしてくれたから、エトたちにも居心地がよくなったのだろう。ずいぶん暖かくなったからな、ここも」

バスティアンがそう教えてくれた。エトというのが、鼠のような生き物の名らしい。

「でも、困りました。次の荷が来るまで一週間以上あるのに、食料と調味料の在庫がなくなってしまった」

荷物は城に運ばれてきた時に、次回必要な品目を並べた発注書を配達人に手渡すやり方で続けている。誰かが訪れない限り、こちらから城の外に連絡を取る手段はないのだ。

遠藤の失態だ。残り少ない食料だけで、バスティアンを餓《う》えさせるわけにはいかない。

「明日、山を下りて次の荷物の注文書を直接郵便に出して、それが届くまでに必要な分の食料を買ってきます」

そう告げた遠藤をみつめるバスティアンの表情は、あきらかに曇っている。

「だが、人の脚では片道に半日はかかるだろう。荷を担いで戻るのは、大仕事だぞ」

「大丈夫です、一日で戻ってくるのは無理だろうけど、昼のうちにどこかに宿を取って、朝になったら市場で買い物をして、また戻ってきます。無理はしませんから。ついでに、鼠……エト捕りも買ってきます」

きっとバスティアンは心配するだろうと思い、遠藤は本心ではそんなに長く彼と離れていたくなかったものの、そう約束した。

「仕方がない……ユウトを餓えさせるわけにはいかないし、使用人から取り上げて彼らを餓えさせるわけにもいかない。それに……私が空腹で、万が一我を忘れたりしたら」

バスティアンはそれを何より怖れている。自分が飢餓状態になった時、人としての理性を保てるのか。遠藤を襲わずにいられるのか。

そんな不安をバスティアンに味わわせてしまい、遠藤は自分のミスを改めて悔いた。

◇◇◇

翌日、遠藤は二日分のバスティアンの食事をどうにか支度して、簡単に自分の旅支度を調えた。帰りはそれなりに大荷物になるだろうから、せいぜい着換えの下着を懐に入れたくらいだが。

「街に着いたら、この紋章のある店を探してこれを渡せ」

バスティアンがそう言って遠藤に手紙を渡した。

「この城では金を遣う必要がないから、すべて置いてきてしまって手持ちがない。この手紙を店の人間に渡せば、そこに書いてある金額と交換してくれる。私の名の透かし彫りとサインがあるから、疑われはしないはずだ。発注書もそこに託せば、あとはすべてやってくれる」

「わかりました」

遠藤はそれもしっかり懐に入れた。

「では、いってきます」

「……」

バスティアンは執務室の外まで遠藤を見送ってくれたが、挨拶に応えてくれない。

寂しく思って遠藤が廊下で振り返ると、バスティアンがどこか途方に暮れたような顔で立ち尽くしている。

遠藤と目が合うと、ゆっくり歩き出し、両腕を差し出すような仕種になった。

吸い込まれるように、遠藤はバスティアンに駆け寄ってその腕の中に収まった。

「……おかしな話だ。少し前まで、誰にも会いたくないと思っていたのに――一日でもおまえと離れることを、考えられない」

バスティアンの抱き方はとても優しかったのに、遠藤は苦しいほど胸が締めつけられる感触を味わう。

「俺もです。自分のミスが本当に腹立たしい」

バスティアンと抱き合って眠ることに、もう慣れてしまった。きっと今晩はまともに眠れないだろう。

「明日私が眠たそうな顔をしていても、何も言わないでくれ」

バスティアンも同じ気持ちらしい。遠藤は少し笑った。

「お互い様になると思います」

一度強くバスティアンを抱き締めてから、遠藤は名残惜しさに呻きたくなるような気分を抑えて、そっと体を離した。

「ずっとこうしていたいけど、いつまでも出かけられそうにないから、いってきます。急いでいって、帰ってくる」

「ああ。だがあまり急いで、怪我《けが》をしたり迷ったりするなよ」

「はい」

頷いた遠藤の頬に、バスティアンの鼻面が当たる。遠藤もうんと背伸びして、バスティアンの牙に唇をつけた。未練が残らないよう廊下を走り、城を飛び出す。

（魔法が使えるなら、すぐに行って帰ってこられるようにできればよかったのに）

それができるならそもそも荷運びの男たちなどいらず、必要なものだけ城に呼び出せばすむのだろうが。バスティアンの言うとおり、そう便利なものではないのだ。

遠藤はとにかくなるべく急いで、だがバスティアンの言いつけどおり怪我をしたり迷ったりしないようにと、焦《じ》れた心地で久々の雪山の道を降りていった。

◇◇◇

登ってきた頃より、いくらか雪は減っているようだ。天候にも恵まれ、遠藤は迷うこともなく、思っていたよりも早く麓に降りることができた。

だが行きが早くても仕方がない。日暮れ前に山から一番近い街に着けたが、今から買い物を終えたところで、山道をとって返すことはできない。さすがに暗闇の雪山を無事に登り切る自信は遠藤にはなかった。

焦る気分を宥《なだ》めて、バスティアンに言われたとおり、まず教えてもらった紋章が書かれた店を探した。両替商のようなものか、金貸しだろうか。バスティアンの名を騙《かた》る詐欺師だと思われたり、法外な利子をつけられたりしたらどう対処しようかと知恵を巡らせつつ見つけた店に入ったが、バスティアンの手紙を渡したら、気抜けするほどあっさりと金と交換してくれた。

「返金は王城に請求しますから、証文のお持ち帰りはありませんよ」

注文書を渡し、金を受け取ったあともカウンターの前で待っていると、そう退店を促されてしまった。

とにかく先立つものは手に入れた。今日は帰れないにせよ、買い物をすませておけば朝一番に帰途につける。遠藤は市場で食料とエト退治の仕掛けと、それらを背負える籠を買うと、宿を探した。ホテルや旅館という立派なものはなく、大衆食堂の二階が一晩いくらで貸し出される方式らしい。

一応個室もあったが生憎《あいにく》埋まっていたので、遠藤は十畳ほどの部屋で雑魚寝することになってしまった。

「あんた、行商人かい？　俺は北のケイラから流れてきたちょっといい細工物なんか扱ってるんだけど、よければ何か交換しないか」

部屋の隅で休んでいると、同室になった気のよさそうな中年男が、気軽に声をかけてくる。

両手が自由な状態で山を登った方が安全だろうと、食糧を入れる木箱と背負子《しょいこ》のようなものを買ってそばに置いてあったから、誤解されたようだ。

「悪いがこれは自分の家の食料だ」

「本当かあ？　それにしちゃ、大事そうにその箱にぴったりくっついてるじゃないか」

「本当にただの野菜や干し肉だよ」

あまりしつこく喰い下がられても面倒だったので、遠藤は木箱の中を開けて見せた。男が見るからに落胆している。行商人はこうやって、宿などで商品を交換する文化があるのかもしれない。

「あんたちょっと変わった容姿《みてくれ》だし、どっか別の国から来た奴だろうから、珍しいもんを持ってると睨《にら》んだんだけどな。どこの出だ？」

問われて、遠藤は迷った。西のユサや北のケイラという国名は聞いたことがあるが、下手な受け答えでは怪しまれそうだ。

（難民扱いされて、また難民狩りになんて遭ったらたまらない）

再びバスティアンの城に連れていかれるなら何の文句もないが、他の国に退去させられることがないとも限らない。この国の事情が遠藤にはほとんどわからないので、あまり詳しく言わない方がいい気がした。

「多分、聞いたこともないような田舎だよ」

「何だい勿体《もったい》ぶって。言葉は通じるんだから、この近辺ではあるんだろ。というかあんた、随分厚着だな。もしやユサからの難民か？　いや、それにしちゃ小綺麗すぎるか。難民なら宿になんか泊まれず、その辺に転がってるもんな。なあ、どこから来たんだよ。俺、販路拡げたくて、あちこち伝手《つて》を探してんだよ」

「何もない山の上だよ。伝手もない、役に立てないから放っておいてくれないか」

「山の上……って、ユサでもなけりゃ、え、まさか」

男が、露骨に遠藤と距離を取った。

「あんた西の山から来たのか⁉　白い城の、あの……」

ざわっと、それまで聞くともなしに遠藤と男の会話を聞いていたらしい同室の客たちが、ざわつく。

「最近物好きな男がひとり城に棲《す》み着いて、我がもの顔で城を差配してるって、荷運びの男から聞いたぜ。おまえ、獣野郎の手下か……！」

男の詮索好きに苛立《いらだ》っていた遠藤はつい我慢しかねて、相手を睨《ね》めつけてしまった。

「だったらどうだっていうんだ。俺が仕えているのは『獣野郎』なんかじゃない、とびきり綺麗で心根の優しい、最高の主人だけどな！」

主従関係だと思ったことはないが、勢いで言い返す。男がさらに遠藤から後退《あとずさ》るようにして離れ、他の客たちも怯えた顔で部屋の隅に移動してしまった。まるで遠藤も獣になって、自分たちに襲いかかるとでも思っているような態度だ。

遠藤は憤然として、彼らの顔を見ているのも嫌な気分になり、借りた薄っぺらい毛布を被ってさっさと横になる。

(バスティアン王子のことを、何も知らないくせに!)

しばらくすると、誰かにおそるおそる声をかけられた。

「お客さん、すみませんが……」

店の人間だった。遠藤は満室だったはずの個室に移動させられた。追い出して恨みを買うのも怖ろしいが、他の客から苦情が出て大部屋に置いておくこともできない、というわけか。

遠藤は限界まで腹が立ったが、逃げ出したと思われるのも業腹なので、大人しく移動した。ホテルに空室があった時に、同じ料金でグレードアップのサービスを受けたようなものだ、と思い込むよう努める。

個室には一応寝台があり、大部屋の毛布よりはましだったが、悔しさで一杯になった遠藤はまったく寝つけなかった。どれだけ立派な寝床でも、城のベッドには遠く及ばない。何よりバスティアンの腕に抱かれて眠る幸福と比べようがない。比べるのも癪《しゃく》だ。

(でも眠らないと、明日急いでバスティアン王子のところに帰れない)

無心になろうと努力しながら、遠藤は無理矢理瞼を閉じた。

◇◇◇

夜明け前に目が覚めた。意地もあって、多少は眠れたようだ。

宿泊代金は昨日のうちに手渡してある。店の人間と顔を合わせて礼を言うのも忌々《いまいま》しく、遠藤はさっさと身支度をして宿屋を後にした。

そういえば朝食を食べはぐった。宿で出してもらえるはずだったが、今からとって返して支度してもらうのも気分がよくない。とはいえ空腹のまま雪山にまた登るのは危険だろう。街は春の陽気のようだが、山の中腹以降は根雪の消えることがない。

市場が開くのを待つしかないか。まだどの店も商いを始めていない通りを、仕方なく歩き出す。朝早い仕事の者もいるだろうし、どこか開いているかもしれない——と思い周囲に視線を向けた時、馬車の音を聞いて遠藤は何となく足を止めた。車道と歩道に分かれているわけでもないので、こちらに走ってくるなら道を空けた方がいい。

背後を振り返ると、二頭立ての箱馬車がやってくるので、遠藤は少し驚いた。以前酒場で働いていた頃、街で見かけたのは一頭立ての荷運び馬車がほとんどで、二頭立ての場合も箱馬車は目にしたことがない。

しかも近づいてきた馬車はずいぶんと立派な造りで、馭者《ぎょしゃ》も正装している。

そういえばこの世界には貴族も存在するのだった、そういう類だろうかと眺めていると、馬車が遠藤の真横で停《と》まった。

（え？）

馭者が馬を宥めながら地に降り立ち、遠藤に向けて歩いてくる。

「バスティアン王子の城から来た者か」

遠藤の目前で止まった男が前置きもなく訊ねる。尊大な態度が少し癇《かん》に障ったが、それよりもなぜそれを知っているのかという方に面喰らい、遠藤はつい素直に頷いた。

箱馬車の扉に、見覚えのある紋章が浮き彫りされている。

バスティアンの城や持ちものの随所にあるものと同じだった。——馬車の中にいるのはこの国の王族の誰かだ。

「そうだが、何か？」

臆さないよう遠藤は馭者を見返した。この世界に来る前の暮らしで尊大そうな態度を身につけておいてよかった、と初めて思う。相手は、バスティアンを城に追い出した側の人間なのだ、へつらってやる必要はない。

馭者は遠藤以上に尊大な表情で目を細めた。

「尊い御方が貴様に話があると言う。中に入れ。本来なら下々の者と直接お言葉を交わされるような方ではないが、是非にと望まれてのことだ。くれぐれも、失礼のないよう」

馭者は遠藤の返事を待たず、勝手に背中から背負子を取り上げると、外から箱馬車の扉を開けた。中は外から想像したよりも広い。真紅の艶やかな布が天井から床まで張られ、座り心地のよさそうな座席の中央に、三十代半ばほどに見える男が腰を下ろしていた。

細身だが均整の取れた体と、怜悧《れいり》さを窺《うかが》わせる顔立ちを持っている男だった。立てば随分と背が高そうだ。市井の人々とはまったく違う身なりをしている。落ち着いた紺色のフロックコート。同じ素材のズボンを穿《は》き、レースの胸飾りをつけて、頭にはシルクハットのような帽子、手袋を塡《は》めた両手を繊細な金細工で飾られたステッキの上に乗せている。

「馭者が大仰なことを言ったようだが、あまり身構えずにいてほしい。入って、座りなさい」

穏やかな声で男が言う。遠藤は少し迷ったが、断る理由もないので、言われたとおり馬車に乗り込んで男の向かいの座椅子に腰を下ろした。

「突然呼び止めてすまないね。私はバスティアン王子の兄だ。知っての通り、腹違いだがね」

「どうも、はじめまして」

他にどう挨拶をしたものかわからず、遠藤はこちらが優位の時の商談のように泰然と構えた態度で挨拶した。名乗るべきかと思ったが、相手も名乗ってはいないので、とりあえず保留にする。

バスティアンの兄は、遠藤の返答に微かに目を見開き、それから愉快そうに肩を揺らした。

「なるほど、バスティアン王子の城にいるだけあって、胆力がある。――そう警戒しないでほしい。昨日のうちに、バスティアン王子のサインが入った書類を持った者がこの街を訪れたと

聞いてね。彼がそういったものを預けるとすれば、さぞや信頼している相手だろうと、気にな
って様子を見に来たんだ」
今ここにいるのは、ゆうべの時点で遠藤の存在が彼の耳に入り、宿屋を張っていたというこ
とだろう。監視されていた、というわけで、遠藤はいい気分にはなれなかった。
「それで、用件は？」
「バスティアン王子の様子について聞きたくてね。私と兄もだが、特に父が気にしている。そ
れに、彼の母君も。彼は手紙のひとつも王城に寄越さないんだ」
自分を『幽閉』した人たちを相手に、何の手紙を送る用事があるものか。そう言ってやりた
かったが、遠藤は堪えた。少なくともバスティアンの母親は、息子のことを本気で心配しては
いるだろうと思ったのだ。
（私と弟、ということは、これがバスティアン王子にとっては一番目の兄だという『アルバ
ン』か）
街の人たちは、彼のことを『賢くて優しい王子』だと言っていた。たしかに物腰は穏やかだ
が。
「彼はどんなふうに暮らしている？　あんな姿になってしまったから、毎日泣き暮らしていな
いといいが……」
「心身共に健康に過ごしていますよ。時間がある時は本を読んでいるか、学のない俺に文字や

一般常識を教えてくれる」

出会った当初のバスティアンは塞ぎ込んでいたが、今は明るく、楽しそうに暮らしている。泣き暮らしているなどと、情けない評価がバスティアンにつかないよう、遠藤は即座にきっぱり答えた。アルバンは多分、遠藤が『難民狩り』で連れて行かれた男だということも把握している気がする。

突慳貪《つっけんどん》にも聞こえただろう遠藤の返答を聞いて、アルバンは微笑んで頷いた。

「そうか、それならよかった。妹の話だと、バスティアンはすっかり憂鬱になっているようだったが」

「たまには調子の悪い時もあるでしょう。メリオッサ姫はいつも唐突に城を訪れるらしい」

アルバンが軽く苦笑する。

「あれにも困ったものだ、いくら勝手に押しかけないよう諭しても、いっこうに気にしない」

「彼女から話を聞けば充分では？」

「いや、女というものは先入観があるからいけない。事実、『心身共に健康に過ごしている』はずなのに、妹の目には憂鬱で部屋に閉じこもって人と会いたがらないように映ったようだ」

見事な男尊女卑だ。自分の部下がそんな発言をしようものなら、すぐにコンプライアンスとポリティカルコレクトネスについて叩き込むために、個人面談の時間を取っただろう。

「君の方が、少なくとも妹よりは慧眼《けいがん》を持っているように見える。あまり『学がない』ようには見えない」

「バスティアン様に教わるまでは、ろくに読み書きもできませんでしたよ」

「ということは、それなりに今は読み書きができるということだな。どうだろう、荷運びの男たちに、私宛の手紙を書いて渡してくれないだろうか。バスティアンの体調や機嫌や、何か困ったことがないかなど。些細《ささい》なことでもいい、本当に私たちは、彼について心配しているんだよ」

遠藤はじっとアルバンをみつめた。

アルバンは微笑を浮かべたままそれを見返している。

「――では帰ってバスティアン様と相談してみます」

「いや。できれば彼には伝えないでほしい、言えばきっと気を回して、何の心配もないと、当たり障りのないことしか教えてくれないだろう」

アルバンの言うとおり、バスティアン自身が手紙を書けばそうなるだろうと、遠藤にも想像はつく。

「それでは意味がない。私たちは、ありのままのバスティアン王子について知りたいんだ。何か助けられることがあるかもしれないだろう？　君が気づいたことを何でもいい、些細なことでいいから、欲しいもののリストの端にでも書き加えてくれればいいんだ」

「……」

あまりここで、話し込みたくない。帰る時間が遅くなるのも嫌なので、遠藤はひとまず頷いた。

「わかりました」

遠藤の返答に、アルバンは安堵《あんど》したような顔で頷いた。

「バスティアン王子を、頼むよ。彼には私の家族のせいで、随分と辛《つら》い目に遭わせてしまっている。いつだって償いたいんだ」

話は終わったとばかりに馬車を降りようとする遠藤に、アルバンが言う。

遠藤は彼を見返した。

「たとえ、獣の姿になっても？」

「勿論だ」

アルバンが即座に、力強く頷く。

「——では、失礼」

遠藤は馬車を降りて、馭者から荷物を受け取る。馬車はすぐに出発せずそこにいた。遠藤はそれに背を向けて、目的通り食べるものを探すため市場に店を探した。

◇◇◇

帰りの山道は下りよりさらに体力を使うものだったが、これを登り切ればバスティアンに会えるという一心で、辛くはなかった。

バスティアンは城館に入ってすぐの広間で遠藤を待っていた。最初に会った時と違い、城壁のランプには火が入れられ、明るく暖かく、バスティアンの姿がよく見える。

「ユウト」

背中から荷を下ろす前に、大股に近づいてきたバスティアンに抱き締められる。遠藤も遠慮なく、荷物ごと相手に体重を預けた。

「ただいま戻りました。──まさかずっとここで待っていたんですか?」

「……いや、帰る気配がしてから、部屋を出てきただけだ」

バスティアンの嘘《うそ》を遠藤は簡単に見抜いた。いくらバスティアンが獣並みの聴覚や嗅覚を持っていようと、堅牢《けんろう》な城の一室にいては、遠藤の足音などそうそう聞こえまい。

(温かいな)

雪山を急いで登ってきて、もう手脚の感覚がない。流れた汗がさらに全身を冷やしていたから、バスティアンの温かさは夢のようだった。

半ば陶酔感に包まれていた遠藤は、次に浮遊感まで感じて驚いた。

荷物ごと、軽々バスティアンに抱え上げられている。

「部屋に行こう。随分体が冷たい、風邪を引いてしまう」

バスティアンは遠藤を抱えたまま、危なげなく寝室まで進んだ。寝室は暖炉の火が激しく燃やされ、暑いくらいになっていた。

遠藤をベッドに乗せてからのバスティアンは非常に献身的に、甲斐甲斐《かいがい》しく、タオルや着換えを渡してくれたり、お茶を淹《い》れてきてくれたり、風呂に湯を張りそこまで遠藤を連れて行ってくれたりした。

すっかり疲れ果てていた遠藤は、ためらいなくバスティアンに甘えた。風呂から上がって部屋に戻った辺りで疲労が限界にきて、気づいた時にはベッドの中だった。

隣にバスティアンがいて、抱き締めてくれている。

これはもう本当に何という幸福だろうと、まだ夢の中のような気分で思う。

たった一日離れていただけなのに、遠藤は自分が猛烈に寂しかったことを思い知った。すっかり贅沢《ぜいたく》になりすぎてしまった。この世界に来た最初の頃は、雨露さえしのげれば御の字だと思っていたはずなのに。

「……起きたのか？」

より近くに寄り添いたくてつい身動いだ遠藤に気づいたのか、バスティアンが囁《ささや》き声で訊ねてくる。この声の低さと優しさにも幸福で震えそうになる。

身動きしたせいでバスティアンを起こしてしまったわけではなく、彼はすでに目を覚ましていた。

——あるいは眠らずに——遠藤を見守っていたようだった。

「はい。いつ寝たんだろう」

「よく眠っていた。よほど疲れたんだろう。……ありがとう」

「俺の失敗の挽回《ばんかい》のためですよ。バスティアン様は、ちゃんと食事を取っていましたか？」

「ああ、ユウトが作っていってくれたものを」

「よかった」

話しているうちに、寝起きで少しぼんやりしていた遠藤の頭が覚醒してくる。

それで街で起きたことを思い出し、バスティアンに告げた。アルバンは遠藤と会ったこと自体をバスティアンに話してほしくないのだろうと察していたが、だからこそ、遠藤は洗いざらいをバスティアンに話した。

「アルバン王子が……」

バスティアンは遠藤の話を聞いて、感激したようだった。

「そうか。やはりあの方はお優しい。アルバン王子だけは、私がこの城に移り住むことを最後まで反対してくれていたのだ。気に懸けてくださっていたのに、何の便りも送らず不義理なことをしてしまった……」

「――あの王子は、どういう人ですか？」

「そうだな、一言で言えば智略に長《た》けた方だ。古くさい法を積極的に変えて、民のためになるよう心配りされる優しい方でもある。兄のマチス王子も素晴らしい方だが、豪放磊落《ごうほうらいらく》で、あまり細かいことにこだわらない性格だ。それに少々情に流されやすく、ある意味理想論に走りがちだ。困っている民がいれば、後先考えずに救おうとするが、他の民から不服が生まれてしまう。そこをうまく計らうのがアルバン王子だ。求心力のあるマチス王子を玉座に据えて、アルバン王子が宰相として隅々まで取り計らうのが、おそらく次世代の我が国では最も理想的な形だと思っている」

バスティアンは熱っぽく語っている。心から母親の違う兄たちを尊敬していることが、遠藤にも伝わってきた。

「やはりあのお二人こそが、父王の跡を継ぐ者として相応《ふさわ》しい。できれば私も、お二人の助けになりたかったが……国や民に必要とされているのは、どうあっても彼らだ。獣の呪いにかかったのがマチス王子やアルバン王子ではなく、私でよかったのだ」

自分に言い聞かせるような響きでもあったが、バスティアンはやはり本心からそう思っているらしい。

遠藤はうまく相槌《あいづち》を打てず、口を噤《つぐ》んだ。

(でも――あの人は)

馬車の中で話したアルバンのことを思い出し、遠藤は微かに眉を顰《ひそ》める。

(とても本心から自分の弟を心配しているようには、思えなかった……)

直感のようなものだが、アルバンからはバスティアンに対する他意を感じた。

それを臭わせるようなことを口にしたわけではない。言葉面だけ見れば、たしかに彼は弟想い、家族想いの優しい王子だ。

だが——引っかかったのは、あの笑顔。

(俺の兄に、どこか、似ていた)

年の離れた遠藤が父の跡を継ぐことに、表立っては不満を漏らさず、遠藤ともにこやかに接する。弟の機嫌を損ねないよう、あわよくば利権のおこぼれに預かろうと従順を装いながらも、隠しきれない鬱屈がその言葉のトーンから、眼差しから、伝わってきてしまう。

(でも俺よりもよっぽどバスティアン王子の方が、あの人については詳しいだろう。考えすぎだろうか……)

バスティアンの幽閉をアルバンが反対していたのなら、弟に対する心配は本物なのだろうか。

「……」

「ユウト？　眠ったのか？」

遠藤が黙り込んでいることに気づいて、バスティアンが不思議そうに呼びかける。

いいえ、と遠藤はかぶりを振った。

「もう少しここで寝ていていいですか。疲れが取れたら、すぐにまた働きますから」

「勿論だ。それに、城の手入れをそんなに一生懸命やらなくて構わないのだぞ、ひとりでやり切れるものではない」

「でもバスティアン様の住むところを綺麗にしていると思ったら、楽しいですから」

「——そうか」

バスティアンがそっと、遠藤の背を抱き寄せる。

遠藤はその胸元の、他よりもふさふさと長い毛並みに顔を埋め、二度寝を決め込んだ。

6

再びメリオッサがバスティアンの城を訪れたのは、遠藤《えんどう》が街から戻って三日と経たないうちのことだった。

「呪いを解く方法がわかったのよ！」

前回同様ひとりで勝手に城の中に入り込んだメリオッサは、遠藤を無視してバスティアンの寝室に飛び込むとそう叫び、そこに兄がいないと見ると今度は執務室に駆け込んで、もう一度同じことを叫んだ。

階下を掃除していた遠藤は、メリオッサの叫びを聞いて飛び上がりそうになりながら、慌ててバスティアンの執務室に向かった。

「私、ずっと手懸かりを探していたんだけれどね！　とうとうそれらしき話に辿《たど》り着いたのよ」

遠藤が執務室に入った時、バスティアンは窓際に伏せながら本を読んでいて、メリオッサがその前に詰め寄り仁王立ちになっていた。

「……本当の話か？」

「本当の話ですとも。よく聞いてちょうだい、お兄様がその醜い獣の姿から、元の美しい姿に戻るためにはね——真実の愛を得るのよ！」

「……」

メリオッサは興奮気味に高らかな声で叫んだ。

バスティアンは怪訝《けげん》そうな顔で、そんな妹を見上げている。

「真実の愛を得る、とは？　具体的に」

「さあ」

勢い込んでいた割に、バスティアンに問われると、メリオッサは答えられず首を捻った。

「とにかく、そう言ってる呪《まじな》い師がいるらしいのよ」

「呪い師？」

「ええ、城にいる正式の魔術師たちと違って、何の地位も資格も持たない怪しげな者だけど、強い力を持っているという噂《うわさ》なの。オーリアの街をご存じでしょう？　王都から南へ馬車で半日ほど行った」

「ああ、ファル族の棲むという深い森のある街だろう」

「そこにその呪い師が棲み着いたと小耳に挟んだから、使いを遣《や》ったの。そうしたら、たしかにその呪い師が、『姿の変わる呪いを解くには、真実の愛が必要だ』と断言したんですって！お兄様が心から愛している人が、お兄様を心から愛しているのなら、呪いが解けるのよ！」

メリオッサの言葉に、遠藤はぽかんと口を開いてしまった。

（真実の、愛？　まさか、いわゆるあの？）

さほど童話やアニメ映画などを観ずに育った遠藤でも知っている。定番中の定番、呪いをかけられた王子や姫君を救う方法。

愛する者が接吻ければ、たちまち呪いが解けて元の姿に戻ったり、死の淵《ふち》や長い眠りから救われるという。

（いや、まさか）

遠藤はひとり首を振った。御伽噺《おとぎばなし》でもあるまいし、馬鹿馬鹿しすぎる。

「真実の、愛……というと、婚姻か……？」

呆《あき》れる遠藤とは正反対に、バスティアンは真剣な顔で呟いている。メリオッサも、冗談を言っているとは思えない顔で大きく頷いた。

「そうね、お互い真摯に愛を告げて、お互いの生まれ日に合わせた宝石を贈り合い、結婚の約束をするとか」

それとも、とメリオッサが言を継ぐ。

「子作りをするとか？」

妹の言葉に、バスティアンが咳払《せきばら》いした。

「メリオッサ、はしたない」

窘《たしな》める兄の言葉に、メリオッサは大仰なくらい強く首を振った。身を乗り出してバスティアンに指を突き出す。

「羞《は》じらっている場合ではなくてよ、お兄様。それでね、私、急いで国中にお触れを出そうと思うの。お兄様の花嫁探しよ。我こそはと思う者は、身分を問わず、このお城まで来るようにって」

馬鹿馬鹿しいとしか思えないことを真剣に話し合う兄妹《きょうだい》のやり取りを呆れながら見守っていた遠藤は、花嫁、というメリオッサの言葉に、急に冷や水をかけられたような心地になる。知らず奥歯を嚙み締めた。

そんなものがもし現れたら、まさかこの城で、自分の目の前で、バスティアンと夫婦として暮らすというのか。それとも無事人の姿に戻り、遠藤を置いて王宮に戻ってしまうというのか。

「――やめてくれ。そんなもの、来るわけがない」

想像だけで気分が悪くなってきた遠藤は、バスティアンの唸り声で我に返った。バスティアンは妹から顔を背けている。

「私がこの姿になったことを、すでに国中の者が知っているだろう。誰がこんな獣の花嫁になりたいと思うものか」

「呪いが解ければ元のとびっきり美しい姿になるのよ。お触れと一緒にお兄様の絵姿や絵皿も作り足して山ほどばらまけばいいわ、国中の者がこぞって押しかけてくるに決まってるでしょう」

「やめてくれと言ってる」

かたくなに言う兄に、メリオッサが目を丸くした。

「あら……もしかしたら、お兄様にはどなたか心に決めた方でもいらっしゃるの？」

メリオッサがそう訊ねた時、バスティアンがちらりと、遠藤の方へ視線を寄越した——気がする。

遠藤はどことなく縋《すが》る気分でそれを見返した。

（俺は男だから、花嫁になどなれるわけがない……）

そうわかっていても、せめてバスティアンから花嫁探しを認めるようなことを、言ってほしくなかった。

「触れを出すなら、父王かおまえの兄たちの許可を得なければならないだろう。まずそちらに相談してみろ」

「わかったわ。何としても、頷かせてみせるから」

善は急げとばかりに、嵐のようにやってきたメリオッサは、嵐のように城から去っていった。

妹の姿が消えた執務室で、バスティアンが深々と溜息《ためいき》をつく。

「まったく……私のことを思ってくれるのは、ありがたいが……」

「……お触れは出されるんですか？」

こわごわ訊ねた遠藤に、バスティアンが苦笑して首を振った。

「私がこんな姿になったことは、公式に発表されていない。どこからか噂として漏れただけで、王宮としては認めていないんだ。だからメリオッサの頼みを父たちは受け入れないだろう。私の花嫁とやらを探すためには、私がどんな状態であるかも一緒に広く伝えなければならなくなる。あっという間に、他国にも知られることになるだろう」

バスティアンの言い方からして、国の外にまで公式な発表として伝わることは、避けたいものらしい。

（でも――王宮が隠したがっていたとしたら、なぜ街の人々にまでバスティアンが『獣野郎』なんて罵られるようになったんだ？）

誰もが当然のようにバスティアンのこの姿について知っていることを、遠藤は訝《いぶか》しく思う。

「ユウト」

考え込んでいた遠藤が、名前を呼ばれて視線を向けると、床に座っていたバスティアンが立ち上がっている。

そのまま、バスティアンは部屋の隅にいた遠藤のところまで、ゆっくりと歩みよってきた。

「……真実の愛、というもの、を」

言葉は途切れがちだった。だがバスティアンの眼差しはまっすぐに遠藤を見下ろしている。

「私は……ユウトに、期待していいものだろうか」

「――」

真実の愛を。

バスティアンは、自分に対して抱いている——。

そう伝えられたのだと察して、遠藤は全身が震えるような喜びを味わった。

(そうかな、とは、思っていたけど)

先刻は一瞬不安になってしまったが、やはり、勘違いではなかったのだ。

お互い一度も言葉にしなかった。抱き合って眠り、キスの真似事《まねごと》のようなことを繰り返しても、たしかな愛情と信頼を互いの間に感じていても、それがどんな種類なのかを確認しないままだった。

(だって俺は、男だ。それで、ここは王がいて王妃のいる世界だ。男女で結ばれることが正しいんだろう?)

遠藤自身は、これまで女性が相手だろうが男性が相手だろうが、恋情と呼べるものを一度も感じたことがなかった。だからバスティアンに対する想いが恋なのか、別の愛情なのか、決めかねてはいたが——彼に花嫁ができるかもしれないと思った時に体の奥底から噴き出した、少し粘り気があるような昏《くら》い感情は、間違いなく嫉妬だった。

バスティアンを、誰にも渡したくない。

二人でいる幸せな時間に、誰にも踏み込まれたくない。

自分とバスティアンの間にあるものが『真実の愛』なら、嬉しい。

けれど。

（……このままじゃ、いけないのか？）

この姿が、遠藤にとってはありのままのバスティアンだ。遠藤の夢と憧れと幸福を詰め込んだ世界で一番美しい形だ。

呪いが解ければ人の姿に戻る。

自分はその時、今と同じようにバスティアンを想うことができるのだろうかと、ふと、遠藤は不安になった。

この毛並みに抱き締められて眠る幸福を手放すことを、自分は受け入れることができるのだろうかと。

「今の姿でもいいと……俺は、思っています。その姿が好きだと言ったはずです」

感じた不安がうしろめたく、見ないふりをしたくて、遠藤はバスティアンから視線を逸《そ》らし、瞼を伏せて小声で告げる。

「……そうか」

バスティアンの返答は、ひどく寂しそうな響きだった。

（――あ）

失敗した。

（そうじゃない）

決して、バスティアンの望みを、真実の愛であってほしいという願いを否定したつもりはなかったのに。

——だが結果として、そうなってしまった。

「すまない。おかしなことを言ったな、私は」

悲しそうにバスティアンが笑う気配がしたが、遠藤は顔を上げられなかった。

そんな遠藤の頰に、そっと、壊れ物を扱う仕種で、バスティアンの大きな掌が触れる。

「困らせたいわけではなかったのだ」

のろのろと顔を上げると、バスティアンは笑っていた。優しい微笑みを浮かべて遠藤をみつめている。

遠藤が何か言うより先に、バスティアンがまたそっと遠藤の頰から掌を離した。

「悪いが少し、眠たくなってしまった。ひとりにしてもらえるだろうか」

「……はい」

違う、と言いたかったのに、言えなかった。

(だって、違わないだろう)

失礼します、と小声で告げて、遠藤はバスティアンの執務室を後にする。

(バスティアン王子が人の姿に戻れば、もうこの城に用はないだろう?)

そうなれば、二人きりの生活が終わってしまう。

たとえ真実の愛があろうがあるまいが、遠藤は男だ。バスティアンの子は産めない。そんな相手と王族の人間が婚姻を結べるはずがない。

それとも現王に寵妃《ちょうひ》がいるように、正妃がいれば男の愛人がいることくらいは許されるのか。

(――嫌だ。絶対に、嫌だ。バスティアン王子が誰か花嫁を迎えるところなんて、見たくもない)

メリオッサが来るまで掃除の途中だったが、とても残りに手を付ける気分になれない。

(せっかく今が楽園にでもいるような幸福なのに。ずっとここで二人きりで暮らせればいいじゃないか)

バスティアンだって、今の暮らしに安らぎを得ているはずだ。幸福だと感じてくれているはずだ。

(……でも)

廊下で、執務室を振り返る。

悲しげに微笑むバスティアンの顔が、眼裏《まなうら》から離れない。

叫び出したいくらいの痛みを胸に感じた。

(どうしたらいいんだ)

答えがわからない。

(つい数時間前まで、あんなに楽しくて、幸せだったのに)

メリオッサが——いや、その呪い師とやらが恨めしい。

（……違うか）

それより遠藤が恨めしいのは、バスティアンの幸福を一番に願えない自分自身だった。

◇◇◇

バスティアンが人の姿に戻った時の不安。

自分の想いはただ『獣』に対するものだったのか。

（そうだったら、他の誰かと結婚するバスティアン王子に心を痛めることもなく、離れられる……）

獣でなければ用はないと割り切って、きっと大して苦しくはないはずだ。

だがそんな程度の想いは、きっと『真実の愛』ではない。

だから自分が相手では、バスティアンの呪いは解けないのではないか。

（——どうしたらいいんだ？）

どうやって『真実の愛』をたしかめるのかはわからないが、試してみた時にバスティアンの姿が戻らなければ、結局遠藤は彼のそばにいられなくなる気がする。

（怖い）

どの道を選ぶことも怖ろしい。

何とか今までのままの生活でやり過ごせないかと願ったが、それは都合のよすぎる望みだった。後ろめたい遠藤はバスティアンとうまく目が合わせられなくなり、バスティアンは遠藤を気遣っているのか、それとも信頼を失ってしまったのか、どことなくよそよそしい。

変わらず同じベッドで眠って、寄り添っていても、二人の間にははっきりした溝が生まれてしまった気がする。

音を上げたのは遠藤の方だった。

「メリオッサ姫が話していた呪い師というのに、会ってこようと思います」

メリオッサからその話を聞いてから四日目、遠藤は朝目を覚ますと、バスティアンに告げた。

ゆうべのうちに決意を固めておいた。

「バスティアン様の呪いを解く方法を、もっと詳しくたしかめてきます」

「——そう。そうか」

起き抜けに宣言した遠藤に、バスティアンは少し間を置いて、頷いた。

「わかった。好きにするといい」

バスティアンは喜んでくれるか、それともまた離れることを寂しがるか。

無意識に想像していた遠藤は、そのどちらも外れていたことに、愕然《がくぜん》とした。

「違う。違います、出て行く口実にしようとしているわけじゃない」

それを、疑われているのだ。ここ数日、遠藤はバスティアンとうまく接することができなかった。バスティアンは、自分の告白のせいで遠藤が逃げ出そうとしているのだと、勘違いしている。

「俺はとにかく、たしかめたいんだ。バスティアン様だって知りたいでしょう、どんな方法を取れば、呪いが解けるのか」

「ああ。そうだな、ありがとう」

バスティアンが微笑む。違う、ともう一度、大声で言いたかった。バスティアンは遠藤がただ言い繕っているだけだと思い込んでいる。違うのに。

(でも——誤解させたのは、俺のせいだ)

真実の愛を期待していいのかと問われ、答えに躊躇した。挙句、そのままの姿でいいと、バスティアンの望みを拒むようなことを口にしてしまった。

「必ず、呪い師から答えを聞いて、戻ってきますから」

「ああ」

笑うバスティアンに、遠藤は泣きたくなった。だが泣いている場合ではない。自分の言葉が嘘ではないと証しするには、呪い師に話を聞きに行き、そしてバスティアンの許へ帰ってくるしかないのだ。

遠藤はベッドを抜け出すと、すぐに旅支度を始めた。先日向かった街よりも、オーリアという街はさらに遠い。行って帰ってくるまで、下手をしたら一週間近くかかってしまうかもしれない。

焦りつつ、遠藤はまた雪山を下るための装備に加え、数日分の着換えや食料などを詰め込めるだけ布袋に詰める。

すべてをすませてから、バスティアンのいる執務室に向かった。

「それでは、いってきます」

「ああ。気をつけて」

バスティアンの優しい気遣いの言葉が、遠藤には帰って辛い。絶対に帰ってくるから、という言葉は飲み込んだ。きっと今は何を言っても寂しげな微笑を向けられるだけだ。

とにかく早く行って、早く帰ってくる。そう決意して執務室を出ようとした遠藤は、だが強い力で肩を引かれ、背中に痛みを感じて呻き声を上げた。

「——行くな」

目の前にバスティアンの姿。そしてその向こうに天井が見える。

床に引き倒されていた。バスティアンに腕を押さえつけられ、身動きも取れない。

「私から逃げるくらいなら、今ここで、喰い殺してやる」

低い、押し殺した唸り声。大声で吠《ほ》え立てたわけではないのに、耳にびりびりと響いた。

（いっそ、その方が）

あれこれ考えるより、今のバスティアンに食べてもらった方が、幸福なまま終われるかもしれない。

恐怖は感じなかった。遠藤はむしろ嬉しかった。

最初からそうされることを夢見て、この城に来たのだ。

「どうぞ」

押さえつけられているせいで、いつものようにその頰に触れられないことは残念だった。鼻と、口端を結ぶ線の中心辺り。頑丈な髭が生えている隙間に指を差し込んで、その感触を味わうのが好きだった。

今すぐにでもバスティアンの牙が首元に喰い込むのを覚悟して、目を閉じる。

最後まで相手の姿を見つめていたくもあったが、さすがに少し、怖い。

死ぬことではなく、ただ純粋に、痛いだろうなという想像だけが。

「……」

絶対に嫌がって暴れるような真似はすまいと体の力を抜いて待ち構えていた遠藤は、しかしどれだけ経ってもバスティアンが動かないことを不思議に思って、ゆっくりと瞼を開いた。

バスティアンは遠藤の両腕を押さえつけたまま、苦しげに顔を歪《ゆが》めていた。

「……殺せるものか。今までどれだけ、おまえを喰いたい衝動を堪えてきたと思う」

「え——」

絞り出すようなバスティアンの言葉に、遠藤は目を瞠《みは》った。

「そんなことをすれば、二度とユウトに会えない。声を聞けない。笑顔を見られない。それに私が耐えられるはずがない。だから死に物狂いで耐えた。いつだっておまえを喰いたくて、喰いたくて喰いたくて喰いたくて、空腹だったのを」

大粒の涙が、バスティアンの青い瞳からこぼれる。遠藤の頬に落ちる頃には、それがバスティアンの涙なのか、遠藤の涙なのかはわからなくなっていた。

「バスティアン様」

遠藤も涙が止まらなかった。バスティアンのそんな葛藤にまるで気づかなかった自分は大間抜けだ。

ただ寄り添える嬉しさに舞い上がっていた。

「いい、行け。行って二度と、戻ってくるな。この先もう会えなくとも、この世界のどこかでおまえが生きていると思える方が私には幸せだ」

遠藤の腕にかかっていた痛いほどの力が消えた。バスティアンが身を起こし、座ったまま遠藤に背を向けている。

身を起こした遠藤は、その背中に額を押しつけた。

「帰ってきます。この世界で俺の居場所は、バスティアン様のところ以外にないんだ」

一度力いっぱいバスティアンを抱き締めてから、未練を振り切って、元の目的通り城を出るために立ち上がる。

バスティアンは返事をしなかったし、遠藤を振り返ることもしなかった。

「いってきます」

その背中に告げると、遠藤はバスティアンのそばから離れた。

◇◇◇

野宿を覚悟していたのに、遠藤は山を下りて辿り着いた街で、また食堂の二階に寝泊まりすることができた。

念のため、前回とは別の街まで足を伸ばした。

無一文の旅だと思っていたのに、旅支度を詰め込んだ布袋に、入れた覚えのない宝石が入っていた。バスティアンの筆跡で短いメモが添えられていて、『換金』という単語が読み取れた。

（いつの間に……）

遠藤が出立の挨拶に執務室に向かった一瞬だろうか。遠藤を行かせたくなかったバスティアンは、それでも遠藤のために、そんなものを素早く用意してくれたのだ。

少し迷ったが、遠藤は素直に質屋らしき店でそれを金に換えることにした。呪い師がいるというオーリアの街まで王都から半日かかるとメリオッサが言っていた。城で地図を確認しておいたが、山を下りてから王都までは、馬車を使っても三日は要りそうな距離だった。歩いていたら時間がかかりすぎる。

街には決まった場所を巡回する乗合馬車の他に、行き先を告げて向かってもらえるタクシーのような馬車もあった。オーリアの街まで行ってほしいと頼むと、遠いからか億劫《おっくう》そうにしていた馭者は、遠藤が差し出した金を見て態度を一変させた。それとなく街の人に聞いておいた相場よりも色を付けて先払いにしたら、張り切って馬車を走らせてくれた。

さすがに馬が疲れてしまうので、夜になれば宿を取り、二日。予定より半日早く、目的の街まで辿り着いた。

「あんた、本当にここに行くのかい？」

呪い師がいるという森の前で馬車が停まり、二日間の旅でそれなりに気安く会話できるようになった馭者が、心配そうに遠藤に訊ねた。

「森に何の用があるかは聞かんが、ファル族の奴らは余所者《よそもの》を、というか人間をひどく嫌ってるんだぞ。あいつらの細工物を狙った盗人が森を荒らすことがあるから、そういう輩《やから》と誤解されたら、下手すりゃ殺される。まああんたは、そういう類の奴には見えんが……」

詳しく事情を話そうとしない遠藤にも、馭者は親切だった。

「とにかく耳のとんがった、ぞっとするほど美形の男に会ったら、地面に両手をついて伏せて、何もする気はないって示すんだぞ。言葉は通じないが、そうすりゃいきなり心臓を狙って矢を射られることはないから。多分」

駆者の忠告がありがたいような、怖ろしいような、だ。遠藤は彼に礼を言って、馬車を降りる。

森は遠藤が想像していたよりも巨大だった。幅だけでも東京ドーム一個分、いや二個分はありそうだ。それほど高くはない山に両端を囲まれ、奥はどれだけ深いのかわからない。

日が暮れる前に呪い師の住むという家に辿り着くつもりだったが、森に足を踏み入れると、大きな木々の枝があちこちに伸び、そこに蔦《つた》が絡まって葉を拡げ、太陽の光がほとんど届かず昼間だというのにもはや暗い。枯れ木や石に足を取られないよう、注意しながら進んだ。

途中街の人に聞いた話だと、呪い師はときどき市場に顔を見せるらしいので、その家までここから何時間もかかるということはないだろう。それに、行き来があるなら道の目印もあるかもしれない。

思ったとおり、木の幹に時々大きな傷がつけてあったので、遠藤は迷わずに進むことができた。体感で三十分か、もう少し。

（あれか……？）

遠藤が進む方向の少し先に、それまで隙間がないほどに生えていた木々や下生えが綺麗に刈り取られた空間が現れた。そこに、ログハウスのような、こぢんまりとした小屋が見える。

ほっとしてさらに足を踏み出そうとした遠藤の頬を、突然鋭い何かが掠った。

「痛……っ」

「動くな」

氷のような、冷ややかな男の声。

遠藤は反射的に両手を挙げた。ファル族というのは人に似た姿をした、動物と暮らし人と交わることのない種族なのだと、行き道に馭者から聞いた。警戒心が強く、普通の人間に対して憎しみを抱いていると。

「おまえ、我らの森に入り込んで何をする気だ」

海外に行った時のホールドアップの経験が活《い》かされて手を挙げてしまったが、そういえば、馭者には地面に伏せろと言われたのを遠藤は思い出す。

「何もする気はない。今、伏せるから」

「待て。なぜ我々の言葉がわかる？」

そういえば、ファル族は人の言葉が通じないはずだった。だが遠藤には相手の言葉がわかるし、相手にも遠藤の言葉は勝手に通じてしまう。

「それに、その黒髪と肌の色、おまえ……ニホンジンか？」

余計に不審がられたかと急いで地面に伏せようとした遠藤は、相手の言葉に驚いて、思わず振り返った。

自分に弓を向けている男の姿を見て、さらに驚く。遠藤と同じ歳《とし》ほどのすらりと背の高い若者の肌は黄金色にも見える褐色で、赤みがかってくすんだ金色の髪に、赤銅色の瞳——そして、たくさん飾りを下げた、尖《とが》った耳。

「エルフだ……」

御伽噺に出てくる妖精とは少し違う。遠藤が覚えているのは、漫画やアニメ調の絵で描かれた「エルフ」の姿、そういったものと彼の姿は非常に似通っていた。

「『えるふ』」

遠藤の言葉を鸚鵡《おうむ》返しに呟くと、声音と同じく氷のように冷たく美しい顔立ちをしたファル族の若者が、急に喉を鳴らして笑った。

「おまえの用があるのは、あそこだろう」

若者が、たしかに遠藤の向かおうとしていた小屋を指さす。

「行け」

何だか狐《きつね》につままれたような心地になりながら、遠藤は相手の言葉に従った。行って構わないのなら、ためらう理由がない。

妙に緊張しながらも小屋の前まで辿り着き、そのドアを叩く。

「呪い師の家というのは、ここだろうか」

どう挨拶したものか迷いつつも、ひとまずそう声をかける。

「聞きたいことがあって来た。開け——」

開けてくれ。遠藤がそう言い終わる前に、ガタガタと騒がしくドアが鳴り、勢いよく開いた。

咄嗟《とっさ》に後ずさっていなかったら、ドアにぶつかってはじき飛ばされそうな勢いだった。

「遠藤か⁉」

「は――」

小屋の中から飛び出してきたものを見て、エルフを目撃した時以上に、遠藤は度肝を抜かれた。

「おまえ……え……なぜ……⁉」

「遠藤！　やっぱりおまえも、ここに来てたんだな！」

喜色満面、見たこともないほどの明るい表情で遠藤の両手を摑《つか》んできたのは、紛れもなく、元の世界での『最後の日』を共に過ごしたはずの友人、永野《ながの》だった。

◇◇◇

「目を覚ましたらこの森にいたんだよ。で、エルフと遭遇して」

小屋の中は、外見通りこぢんまりとしていたが、よく整頓されていて、住み心地はよさそうだった。

驚きが収まらない遠藤を、永野はその中に引っ張っていって、木を切り出しただけの素朴な椅子に座らせた。手慣れた様子でお茶を淹れてくれる。

「もう、俺は、本当にエルフなんてものが存在したんだっていうことに感動して、怯えるのも忘れてわあわあ泣いて……」

——そう、『エルフ』の存在は、そもそもこの永野から聞いて遠藤も知った。聞かされて、といった方が正しいか。

「男エルフなんて需要がないとネットで散々馬鹿にされてたけど、信じて生きててよかった。あいつらに動画とか見せてドヤってやれないのが残念だけどさ」

いつも他人から軽んじられ、傷ついて疲れ切っていた友人とは、別人のようだ。妙に肌艶がよくなり、口調も朗らかに、先刻から遠藤が相槌を打つ間もなく喋《しゃべ》り続けている。

「トラックに撥ねられて死を覚悟した時は、俺の人生ひどすぎやしないかって神様を恨んだけど、今は感謝。感謝しかないです。まさか俺が転トラで異世界トリップっていうテンプレに嵌《は》まった上にチートまで用意してもらえるとは」

永野の言葉は日本語に聞こえるが、時々遠藤には意味のわからない単語が混じっている。こちらの世界の言葉なのだろうか。

「遠藤だけは助けようとしたんだけど、ごめんな。多分あの時、一緒に死んだんだよな、俺たち。目を覚ました時に遠藤の姿がなかったから、もしかしたら別の国とか、下手したら別の世界に行ってるのかとか思ってたんだけど。よかった、また会えて嬉しいよ」

「……そうか」

　自分は死んだのだろう、と遠藤にもわかっていた。

　だが改めて永野の口から聞くと、妙にしんみりしてしまう。

「やはり、元の世界では屍体《したい》か。もう帰れることもないんだな」

「遠藤、帰りたいのか？」

　問い返す永野の口調は、意外そうな響きを持っていた。

「俺は絶対、嫌だ。たとえ生き返れたとしたって、あんな場所二度と帰りたくない。今が幸せなんだ」

　断言する永野に、遠藤はもう一度「そうか」と呟いた。

（こいつも、俺と同じだ）

　元いた世界で自分の本当の居場所を見出せなかった。与えられた立場や役割を愛せなかった。でも今は違う。今、この世界にいる自分の方が、本当の自分だと感じている。

「俺の用件を話していいか。おまえに聞きたいことがあるんだ」

　この森に来た理由を思い出し、遠藤は永野に切り出した。

「うん？」

「おまえが『呪い師』なのか？」

「ああ、うん、何だかそう呼ばれているみたいだな、街の人からは」

「では、魔法——呪いをかけたり、解いたりできるようになったということか」

「いやいや」

少し意気込んで訊ねた遠藤に、永野は面喰らったように首を振った。

「そんなもの、使えないよ。ただ、怪我をしたエルフの手当てをしただけなんだ」

「手当てをしただけ……？」

「うん。この世界で目が覚めて、混乱して森をうろつき回ってた時、エルフに会った。そのエルフは狩りの途中で転んだらしくて、膝の皮がこう、べろっと剝《む》けててさ。動物を狩るためのナイフでその皮を切り落とそうとしてたから慌てて止めて、綺麗な水で洗ったところに、痛み止めに使うって言う葉を貼ってから布を巻いてやったんだよ。葉は乾かしてから砕いて飲むものらしかったけど、乾燥させる前は手触りがシリコンに似てたから、湿潤療法ができるんじゃないかと思って」

元いた世界の知識を試しに使ってみたら、これが効果てきめんで、ファル族の者たちには感謝され、最初は警戒されて命の危険も感じるほどだったのが、打って変わって歓迎されるようになったという。

「エルフたちはちょっとした怪我なのに、傷口が化膿したら『死ぬから』ってすぐ手脚を切り落とそうとするんだ。だから片っ端から手当てしてるうちに、お礼代わりだって、この家に住むエルフが間借りさせてくれるようになった。食べ物や着る物は自分で手に入れないと駄目だって言われたけど、俺に狩りだの裁縫だのできるわけがないから、街で人間相手にも治療してみたんだ。そしたら……『人に従わないはずのファル族を手懐けた呪い師』だとかって怖れられて、治療費ももらえずに追い出されたけど……」

しょんぼりと、永野が肩を落とす。

だがすぐに顔を上げて笑顔になった。

「でもエルフたちは、こんな俺でも受け入れてくれたんだ。狩りとか、服や日用品の作り方を教わって、下手なりに楽しくやってる」

「――待て」

永野がこの世界で見違えたように生き生きと暮らしているのは、遠藤にとってもまあ喜ばしいことに思えたが、今は、もっと大事なことがある。

遠藤は立ち上がり、向かいに座る友人の方へと身を乗り出した。

「ということは、『呪い師』というのは街の人間が勝手に呼んでいるだけで、おまえは本当に何の魔法も呪いも使えないっていうのか」

「う、うん、そうだけど……？」

「真実の愛は！」

「は？」

「獣の姿に変えられた人間の呪いを解くために、真実の愛が必要だと、おまえが言ったんだろう⁉」

問い詰める遠藤に、永野はあやふやな調子で首を傾《かし》げている。

「あー、ああ、そういえば少し前に、王宮からの使いだとかいう人たちに呪いの解き方を聞かれて、そう答えたけど……」

「根拠は！」

遠藤はさらに友人に詰め寄る。友人は椅子から転げ落ちそうに身を引きながら、遠藤の勢いに怯えたようになっている。

「あるわけないだろ、しつこく聞かれて面倒になったから、適当に答えただけだよ。物語のお約束じゃないか、野獣は美女の愛で人間の姿に戻る、カエルは……あれはお姫さまに壁に叩きつけられたショックで戻るんだっけ、ええといろんなお姫さまが呪われて眠ったり死んだりしても、王子さまの愛のキスで目覚めるだろ。だから、そういうノリで」

「――そんな」

まさか、何の根拠もない、永野の口から出任せだったのか。

自分のバスティアンに対する想いが真実であろうがなかろうが、バスティアンと自分の間にそれがあろうがなかろうが、そもそも関係なかったというのか。

「じゃあ誰も、バスティアン王子の呪いは解けない……？」

これでは何の答えも、手懸かりすらも得られない。焦燥しながら、遠藤は必死に考えを巡らせた。

「そうだ、永野、他に呪術師だと呼ばれている奴の心当たりはないか。せめて誰が王子にあんな呪いをかけたかくらい、調べられたら」

「え？　それは、おまえが一番わかってるだろう？」

永野が怪訝そうに問い返す。

遠藤は眉を顰めて彼を見返した。

「何だって？」

「城からの使いが言ってた、バス……何とかって言う王子が獣の姿になったのは、おまえが原因だろ」

「――」

もう一度、遠藤は椅子から腰を浮かせた。

「どういうことだ」

「どういうって、だから、おまえが願ったんじゃないか。一緒にトラックで死んだ時、神様に」

永野が何を言っているのか、遠藤にはまるで理解できない。

だが永野の方も、遠藤が何を不思議がっているのかがわからないというように、首を捻っている。

「俺たち、神様に会っただろう？　俺もおまえも、本来はあんなところで死ぬはずじゃなかったけど、手違いというか神様の都合で死ぬ羽目になったから、帳尻を合わせるためにひとつだけ願いを叶《かな》えてやるって」

「何だ……それは……」

神様？　願いごと？

遠藤は何ひとつ覚えていない。永野は何を馬鹿馬鹿しいことを言っているのかと一笑に付したくなったが——そもそも、自分がこの世界に来たということ自体が、荒唐無稽な話なのだ。

神様なんているわけがないだろうと、笑い飛ばすことができない。

「俺は、『男エルフと幸せに暮らしたい』。おまえは『獣と幸せに暮らしたい』。神様にそうお願いしたじゃないか」

「……」

「しかもおまえ、やたらいろいろ注文つけて。ホワイトタイガーっぽいのがいいだとか、意思の疎通ができないと嫌だとか、誰にも邪魔されずに暮らしたいだとか。神様ちょっと困ってたぞ、おまえが元の世界で手に入れるはずだった名誉や功績と見合うだけの願いを叶えてやりたいが、実現するまでに少し時間が掛かりそうだって」

「……待て。待ってくれ、でも、おかしいだろう」

混乱しそうな頭を押さえて、遠藤は呻くように言った。

「俺がこの世界で目を覚ました時、バスティアン王子はすでに獣の姿になっていたはずだ。俺が噂を聞いた時点で、すでにそうなってから二年経っているって」

「うーん……遠藤おまえ、ここに来てからどれくらいになる？」

「……スマホもカレンダーもないから正確にはわからないが、おそらく、半年足らずだ」

「そうか。俺が来たのは、多分二年半くらい前だよ」

「――」

「タイムラグがあるのは、神様の準備に時間がかかったからじゃないか？　俺もどんどん記憶が薄れていくからもうあやふやなんだけど、たしかおまえあの時、待つのが嫌だから今までろくに寝れなかった分、休んでおくとか何とか……」

「……ああ……ッ！」

遠藤は声を上げ、両手で顔を覆った。

永野の話を聞いているうちに、おぼろげに、その時のことを思い出してきたのだ。

(そうだ、たしかに俺は、神とやらに会った)

そして、散々神に注文をつけた。

世界で最も美しく、優しく、知性のある獣がほしいと。

だがそんな獣など存在しないと言われたから、だったら作れ、おまえは神なんだろうと相手に詰め寄った。口約束でも契約は成立するんだ。おまえの言い分では俺や永野の死はおまえの過失に因るところが大きい、だったら補償は最大限にするべきだ、神を名乗るならそれくらいは当然だろう――。

(俺の、せいで)

遠藤の願いごとは叶った。叶ってしまった。

誰よりも優しく賢いバスティアンという人間を、世界で最も美しい獣にする呪いという形で。

(俺がバスティアン王子を獣に変えて、そのせいで彼を孤独にして、苦しめていたんだ)

遠藤と二人きりになるために、誰からも拒絶され、雪山の城に閉じ込めるという境遇にも追い遣ってしまった。

「どうすれば……どうやったらその願いを破棄できる⁉　神とやらには、どうやったらまた会えるんだ!」

「会えないよ」

遠藤の後悔と苦悩を見て取ったのか、永野がどことなく気の毒そうにそう告げる。

「あの時神様に会えたのは特別なことだから、今後二度とは会えないって、はっきり言われただろ」

「……」

遠藤は、目の前が真っ暗になるのを感じた。

◇◇◇

永野からは、ファル族と一緒にもてなすから泊まっていけと言われたが、とても彼らの歓待を受ける気分にはなれずに、遠藤はそのまま彼の住む家を後にした。

(すべての元凶は俺だった)

その事実に打ちのめされる。

遠藤が願った呪いは決して解けない。

バスティアンは二度と獣の姿から戻れない。

王宮にも戻れず、あの城で暮らし続ける以外の運命は訪れない。

(俺のせいで——)

どこをどう歩いて森を出たのか記憶にはないが、遠藤は気づけば森近くの街に戻っていた。

呪い師から呪いを解く具体的な方法を聞いたら、バスティアンの許へ飛んで帰ろう。そう決めていたのに、今は足が重たくて、腹の底にも鉛が沈んでいるかのような重さと冷たさを感じて、うまく歩くことができない。

(どんな顔をして、バスティアン王子のところに帰ればいい?)

『呪い師』に会うまで、迷いはあったが、きっと自分は結局バスティアンの呪いを解こうとするだろうと漠然と考えていた。

バスティアンと出会った時、彼が獣の姿でなければ城に居座ろうと思わなかったし、強引に世話をしようと言い出すこともなかっただろう。

だがもう遠藤は、バスティアンの姿以外の部分にも、きっと惹《ひ》かれている。

城を出て山を下り、ここに来るまでに繰り返し想像した。バスティアンが人の姿だったら自分がどう感じるのか。元々のバスティアンはどんな姿なんだろう。そもそも、歳はいくつなんだろう。落ち着いているから自分よりは年上だろうが、兄のアルバンが三十代半ばに見えたから、彼も三十歳前後だろうか？　毛並みが白いということは、バスティアン自身も真っ白い髪なのか、あるいは模様の黒の方の色なのか、まったく違う色なのか。

瞳の色は獣の姿と同じくあの吸い込まれそうに深い青だろうか。声は変わるのだろうか。自分の名を呼ぶ響きは、頬に触れる手は、人になっても優しいだろうか。

――想像すればするほど、遠藤の胸が高鳴った。ときめいたりなど、している場合ではないのに。バスティアンが美しい人間の男の姿に戻れば、あとは彼に見合った花嫁が用意されるだけなのに。

なのにバスティアンの本当の姿も見てみたいと、想像を重ねるうち、遠藤はどこかで思うようになっていた。

（……本当に、どの面下げて）

神に無責任な願いごとを告げて、人としてのバスティアンの姿を奪ったのは、自分だというのに。元の姿を見てみたいなんて、厚顔無恥にもほどがある。

だがこのまま帰らなければ、バスティアンは結局遠藤が自分を見捨てたと誤解するだろう。失意に沈み、それを救える者はいない。遠藤が理想の獣と二人きりで過ごしたいと願ったばかりに、バスティアンは二度と人の姿に戻れることなく、遠藤以外の誰かと暮らせることもなく、遠藤が来る以前のように、あの広く寂しい城でたったひとりで暮らし——。

(駄目だ)

そんな姿を想像するだけで、遠藤の胸は刃物で切り裂かれるような痛みを感じた。

かといって、平然とバスティアンの許に戻り、何も変わらない生活を送れるとも思えなかった。遠藤はバスティアンの顔を見るたびに自分の罪を思い出してぎこちない態度になるだろう。自分の罪を告白する勇気も持てず、バスティアンはそんな遠藤のよそよそしさに気付き、不信感を募らせるだろう。

帰った方がいいのか、それともバスティアンに顔を見せない方がいいのか。

答えの出せない自分への問いで頭をいっぱいにしている遠藤の隣を、馬車が通り過ぎる。考えごとをしているうちに、気づけば街の市場から外れた細い道をふらふらと歩いていたようだ。

馬車道もないところを無理矢理に進んだ二頭立ての箱馬車が、遠藤から少し離れたところで停まる。

遠藤も足を止めた。

「あの馬車……」

見覚えがありすぎる。馬車を降り、遠藤の方へと歩み寄ってくる馭者は、予想通り少し前に山の麓の村でも会った男だ。

「アルバン様がお呼びだ」

今は誰と会うのも気乗りしなかったが、王城からわざわざやってきたらしい王子を無視すると、面倒なことになりそうだ。それに、拒む気概も湧いてこない。

仕方なく、遠藤は頷くと、以前と同様箱馬車の中に入った。

やはり以前と同じような出で立ちのアルバン王子が、座席に座って遠藤を待ち構えている。

遠藤は重たい気分のままバスティアンの兄の前に座った。

(どこにでも現れるんだな、王族だっていうんだから、王宮に引っ込んでるものじゃないのか)

自分には、また監視でもついてるのかもしれない。まさかアルバン王子自身が雪山を下りたところから後をつけてきたとは思えないが、そういう役割の人間はいるのだろう。遠藤がこの街に——森に向かったことを知ったアルバンが、王城から馬車でここまでやってきた。

(でも、何のために?)

自分が見張られる理由が、遠藤には思いつけない。

「呪い師に会いに行ったのだな」

アルバンの方は、遠藤の目的はお見通しのようだ。メリオッサから呪い師のことは聞いていただろうから、遠藤が森に行ったとなれば、自《おの》ずとわかることだろうが。

「それで、バスティアン王子を人に戻す方法はわかったのかね？」

「……」

遠藤は目を伏せて首を振った。

「そうか」

溜息交じりに相槌を打つアルバンの声音は、ひどく残念そうなものだった。

「では君は、とても安堵しただろう」

「――は？」

アルバンの言葉に、遠藤は眉を顰めた。なぜ自分がそう指摘されなくてはならないのか、意味がわからない。

怪訝な気分で見遣る遠藤を見返し、アルバンが微笑んだ。――前に会った時にも見せた、温和なのに、どことなく他意があることを感じさせるあの表情で。

「誤魔化さなくてもいい。城には王家の血を引く魔術師がいる。その者にもバスティアン王子の呪いの解き方はわからなかったが――何度も占わせた結果、あれに醜い獣になるよう呪いを掛けたのは、半年前に別の世界から訪れたマレビトだと出た」

遠藤は愕然《がくぜん》となった。

王宮側に、すでに知られていたなんて。

「それ……を……バスティアン様、には……」

「安心しなさい、わかったのはごく最近のことだ。先日君に会った直後の話でね。あの時は君がマレビトであることも知らなかった。魔術師からマレビトの映し姿を見せられた時は驚いたよ、まさに、会ってきたばかりの、バスティアンの下僕だとはね。マレビトには特別な力が宿ることが多いとはいえ、まさか王族であるバスティアンに呪いを掛けることができるとは。しかもバスティアンに従順なふりでそばにいる。いや、大した玉だ」

「……違う……俺は……」

何が違うのか、遠藤は自分でもわからなかった。アルバンの言うとおりだ。バスティアンに呪いをかけた張本人でありながら、のうのうと彼のそばにいた。

「君の目的が何なのかは知らないが、ともあれ、獣がそのままの姿でいた方が都合がいいことには、間違いないだろう？」

「――」

にこやかに、アルバンが問う。

違うと、もう一度口にしたかったのに、遠藤は喉が貼り付いてしまったかのように声が出せなかった。

「あれはどうせ一度おぞましい獣の身に堕《お》ちた人間だ。正妃の子であるというだけで、兄や私を差し置きあれを次の王として求める忌々しい輩共がいないでもなかったが、今となればたとえ人の姿に戻ったとて、二度と民衆の支持は得られまい」

にこやかな笑顔のまま、優しく穏やかな口調で、アルバンは弟に対する憎悪の言葉を綴《つづ》る。

「人であった頃の絵姿は国中で知られている。神に見捨てられた背徳者よと誇《そし》られ王都を追われて惨めに暮らすより、獣の姿でいた方が、あれにとっても君にとっても都合がいいだろう」

そう告げながら、アルバンが上着の内ポケットを探り、何らかの液体が入ったガラスの小瓶を取り出した。

「……何だ、これは」

「王家の特別な魔術で作られた薬だ。人であろうが獣であろうが関わりなく、永遠に飲んだその時の姿のままでいられる」

「……」

今の、獣の姿でバスティアンが飲めば、永遠に人の姿には戻れない薬。

(そんなことをしなくても、神とやらに会えなければ、呪いの解き方なんて俺にはわからず、バスティアン王子はずっとあの姿でいるしかないのに)

だから、無意味だ。だが神に願いを叶えてもらったという話を、遠藤はアルバンにする気は起きなかった。アルバンは遠藤自身が『特別な力』を持っていると信じている。その誤解を解く気力が、今の遠藤には生まれてこない。

(……バスティアン王子を目障りだと思っているような男に、何も言うべきではない)

アルバンはあるいは、民の言うとおりの『優しい、賢い』王子なのかもしれない。人々の信頼を失った正妃の息子を排除して、民に不安を感じさせることなく、王家を維持しようと本気で思っているのかもしれない。人の姿に戻ったバスティアンの苦難を本気で愁えているのかもしれない。

それともはなからバスティアンを憎み、国中に彼が『醜い獣』になったと噂を広め、ただ貶《おとし》めたいだけなのかもしれないが、どちらだろうと遠藤にとっては変わりなかった。

(何が動機であろうと、どちらにせよ、この男はバスティアン王子の敵だ)

それを糾弾することができない理由は遠藤にもよくわかっている。

そんな男よりも、自分の方が、よほどバスティアンに最も害なす存在だったからだ。

「少し臭いがあるので、味の濃い料理に垂らせばいい。なに、バスティアンにも君にも、城で暮らすには不自由ないよう、今まで以上に取り計らってやろう。必要なものは何でも送る」

アルバンが無造作に放った小瓶が、遠藤の膝の上に落ちる。

「君の動向は常にこちらで把握していると思った方がいい。城から出れば即座に私に連絡が来る。残念ながら君は君自身の身を守る力は持っていないようだ。それを、心しておきたまえ」

要するに、逃げ出したところで居場所をすぐにみつけられ、始末する、と。

微笑みながら遠藤にそう告げたアルバンは、もう話は終わったとばかり、あとは口を噤むと手にしていたステッキで馬車の床を二度突いた。すぐに馬車が走り出す。

無言のままのアルバンと遠藤を乗せ、しばらく走り続けた馬車は王宮へ続く大城門の前で停まった。

「それでは、首尾よく遂行するように」

最後にまた遠藤に笑いかけると、アルバンが馬車を降りる。すぐ脇に停まっていた別の馬車に乗り換え、王宮へと戻っていった。

遠藤を乗せたままの馬車がまた走り出す。途中二度ほど馬と馭者の交代のために宿らしきところに停まり、そこで食事を与えられたが、西の山の麓に着くまで遠藤は一度も馬車を降りることが許されなかった。

7

山を登り、ようやく城の広間に辿《たど》り着いた頃には、ゆっくりと休むことも許されないまま移動し続けた疲労をやり過ごせず、そのまま床に崩れ落ちてしまった。

広間は暗く、床は冷え切って、うっすらと埃《ほこり》が積もっている。

とにかく疲れて、動けない。遠藤《えんどう》は震えながら目を閉じた。眠たい。このまま寝入ってしまいそうだ。こんなところで眠れば確実に風邪を引くだろうが、何だかもう、どうでもよかった。

(このまま目を閉じて……開いた時に、向こうの世界で野ざらしの屍体《したい》にでもなれていれば、俺に似合いの結末だろうに)

投げ遣《や》りに、そんなことを考える。

そのままいくらか、本当に眠ってしまったようだった。

「ユウト」

瞼《まぶた》を開いたのは、あの低く唸《うな》り声のように聞こえる声が、焦燥したように自分の名を呼んだからだ。

「ユウト、起きろ」

背中を揺すられている。遠藤はのろのろと頭を起こし、自分の隣に跪《ひざまず》くバスティアンの姿を見上げた。

「バスティアン……さま……」

「本当に、戻って……」

疲れて弛緩《しかん》したままの体を持ち上げられた。痛いほどの力で抱き締められる。

「──閉じ込めてやる。二度とこの城から出すものか。自ら戻ってきたのだ、その覚悟くらいはあるのだろう！」

「……」

遠藤は咆《ほ》えるように叫ぶバスティアンを抱き返すこともできないまま、ただ涙を落とした。

バスティアンは遠藤を脅すような言葉を投げかけながらも、罰したり縛《いまし》めたりするというよりも、縋《すが》るような仕種《しぐさ》で抱き締めてくる。

遠藤は心臓に引き絞られるような痛みを感じた。痛くて痛くて、苦しくて辛くて、涙が止まらない。

(こんなにも、愛している)

バスティアンが愛《いと》しくて、苦しい。

「ごめんなさい……」

どう詫《わ》びても足りない。大声で泣き叫びたいのにその力もなく、声は掠《かす》れきっている。

「ごめんなさい……ごめんなさい……全部俺が……俺のせいで……」

「——ユウト？」

小さく身を震わせ、子供のように泣きじゃくる遠藤の様子に、バスティアンが不安そうに身《み》動《じろ》いだ。

「なぜおまえが、そんなふうに謝る……？」

俺がここに、来なければ。俺が何も願わなければ。

バスティアンに抱き締めてもらえる価値などない、そう思って遠藤が身動いだ時——ポケットに押し込んだあの小瓶が、床に滑り落ちた。

「——あ」

遠藤より先に、バスティアンがその小瓶に手を伸ばし、拾い上げた。

大きな手の人差し指と親指で摘まんだそれを、暗い広間に差し込むわずかな窓の光にかざしている。

「……これは？」

疲れすぎているせいか泣きすぎているせいか視界が暗く、遠藤にはバスティアンの表情はよく見えない。

「……アルバン王子に、もらったものです。それを飲めば、ずっとあなたが今の姿のままでいられると……」

バスティアンにはもう、ひとつも隠しごとをせず、すべてを打ち明けよう。そう思って、遠藤は旅の途中でアルバンに出会ったことも告げようとした。

「……ああ、そうか」

溜息《ためいき》のような声と共に、バスティアンが力なく呟《つぶや》いた。小瓶を床に投げ出す。カツンと冷たい音がした。

「私はそこまで、あの方に疎まれていたか」

「……」

「これはただの、毒だ。獣すら――『特別な力』を持つ者ですら瞬きの間もなく殺すという、王直系の一族のみに伝わる猛毒だ」

「――え？」

遠藤は顔色を変えた。ふらつきながら、バスティアンに凭《もた》れるような恰好《かっこう》だった身を起こす。

「毒……？」

「獣の姿であればこの城から出られるはずがないものの、それでも足りずに、命まで奪おうと思われたか」

「そんな――」

「おまえはやはり、心根の優しい男だな、ユウト」

遠藤を見て微笑《ほほえ》む獣の顔は、果てしなく悲しげなものだった。

「そんなに都合のいい薬が、いくら王家の人間であろうと作れるわけがない。飲んだ時のままでいられる薬などが本当に存在するのであれば、まず父王か兄自身が飲むだろう」

「……あ……」

「だが、そうか。そうだったのか」

バスティアンは微笑んだまま、何かを納得したようにひとり頷《うなず》いた。

「おまえが、最初から兄と通じていたのか。なるほどそれで、最初にいくら私に脅されてもこの城から逃げ出さなかったわけだ」

「……え？」

「『俺のせいで』と言ったか。優しいおまえには罪悪感が重すぎたのだろう、ユウト。兄に言われるまま、おまえが私をこの姿にしたんだな、異世界のマレビトよ」

言われた意味が、すぐにはわからなかった。

頭がうまく回らない。バスティアンがひどい誤解をしていることに気づいて血の気が引いたが、動揺しすぎたせいでうまく舌が動かない。

「ちがう」

「それでもいいんだ」

遠藤が必死に絞り出した声を、バスティアンの言葉が遮った。

「最初がそんな陰謀から始まったものでもいいんだ、私と過ごすうちに、おまえが私を想うようになってくれたのなら。好きだと、そう言ってくれた言葉が嘘《うそ》だとは、私にはどうしても信じられない……」

バスティアンの大きな掌《てのひら》が、遠藤の頬に触れる。

「もう一度、好きだと言ってくれ。どうか私を愛していると言ってくれ。お願いだ」

悲しげに青い瞳を揺らしながら、バスティアンが懇願する。

――その願いを、どうすれば遠藤が拒めただろう。

「……愛しています……俺のしたことは許されるわけがないから、そんなこと、言う資格はないだろうけど……」

止まらない涙を堪《こら》えられず、泣きじゃくりながら遠藤はバスティアンに本心を告げる。

「いいんだ。他のことはどうだっていい、おまえの気持ちだけが知りたかった」

「こんなふうに誰かを想うのは、初めてなんだ……なのに俺は、どうして」

遠藤の泣き声を、バスティアンが塞ぐ。いつものように鼻面ではなく、大きく顔を傾けたバスティアンの口の先が、遠藤の唇に触れた。

「私も、ユウトを、愛している」

バスティアンの言葉と、微笑む姿に、遠藤の心と全身が震える。

自分から触れる資格はないと思っていたのに、こらえられず、バスティアンの体に手を伸ばした。バスティアンがもう一度、遠藤に接吻《くちづ》ける。遠藤は目を閉じてそれを受け入れた。生涯で一番幸福なキスだ。

そう思ったのに。

「……やはり」

ぽつりと呟く小声と共に、バスティアンが遠藤の背を抱き寄せていた腕を放し、その腕で軽く胸を押した。

遠藤は簡単によろめいて、床に尻餅をつく。

「バスティアン様……？」

「やはり呪いは、解けないか」

舞い上がって体温の上がりかけた遠藤の体から、再び血の気が引いた。

（バスティアン王子は、まだ）

メリオッサから聞いた『呪い師』の言葉を信じ、真実の愛が自分の呪いを解くと思っている。

遠藤はその方法を調べに行くと言い城を出て、帰ってきたのだ。

「おまえは私を真実愛してはいない……いや、私自身が、おまえのことを心から信じることができないのか」

「……」

自分の心だけであれば遠藤には嘘偽りないとわかるが——バスティアンに失望され、幻滅されてしまったのであれば、それはもう、否定しようがない。

自分に傷つく資格などないと、遠藤はきつく唇を嚙《か》み締めた。

バスティアンがのろのろと立ち上がる。表情を失くして遠藤を一瞥《いちべつ》してから、自分の両手に視線を落とした。

「私は生涯、たったひとりでこの醜い姿のまま生きるしか、もはや術《すべ》がない」

遠藤は止めようのない涙をこぼし続けたまま首を振った。

「俺が……そばにいても、駄目ですか」

「……」

「俺がいたところで、バスティアン様は自分がひとりだとしか、もう思えませんか」

「……」

もう遠藤が何を呼びかけても、バスティアンは返事をくれない。

それが答えか。

「そうか」

バスティアンが遠藤を心から信じることは二度とないのだろう。

「……なら」

心はすぐに決まった。遠藤は冷たい床に転がったままの毒の小瓶に手を伸ばす。

ガラスの蓋に手をかけた時、バスティアンが遠藤の動きに気づいて目を瞠《みは》った。

「ユウト、何を」

「俺が原因なんだ。多分、俺が死ねば魔法は解ける」

呪い、とは言いたくなかった。神が叶《かな》えたのは、遠藤が理想の獣と暮らしたいという願いだ。自分がこの世界からいなくなれば——死んでしまえば、バスティアンが獣である必要はなくなるだろう。

もしかしたら、無責任な遠藤の願いを叶えた無責任な神は、バスティアンを人に戻すところまでは請け負っていないかもしれない。

それでも、遠藤がそばにいても意味がないとバスティアンが思うのなら、生きていようが死んでいようが同じことだ。

そして遠藤は、バスティアンに厭《いと》われて生きる勇気がない。

「よせ、ユウト！」

バスティアンの手が伸びるより先に、蓋を引き抜く。強い力で腕を摑《つか》まれたが、手首を返し、小瓶を逆さにした。

中の液体が口に入った瞬間、鼻を突くような悪臭に噎《む》せ返りそうになるが、無理矢理に飲み込む。

「ユウト‼」

喉が焼けるように痛んだ。一気に目の前が暗くなり、息を吐くことも吸うこともできなくなる。

「……ッ……」

指の先まで電撃に打たれたような刺激が走り抜け、遠藤は自分が床に倒れる音をやけに遠くに聞いた。

バスティアンが叫ぶ声も、うまく聞き取れない。

もう痛みも苦しさもわからない。ただ喩《たと》えようもない悲しみだけを覚えながら、遠藤侑人《ゆうと》の人生は、再び終わった。

◇◇◇

二度目の遠藤の人生もそれで終わった――はずだった。

そのはずなのに。

「ユウト」

まるで糸で縫い止められでもしたかのように重たい瞼を無理矢理開いた時、ぼやけた視界に映るものを見て、遠藤は怪訝《けげん》な気分になった。

男だ。若い男が、間近で遠藤のことを覗《のぞ》き込んでいる。

「……誰だ？」

まるで見覚えのない男だ。声にも聞き覚えがない。

なのに何だってこう、相手にみつめられているとわかるだけで、こんなにも胸が締めつけられるような気持ちにさせられるのだろう。

そう不思議がりながら、遠藤は必死に目を凝らした。

薄暗い部屋の中で、遠藤を喰《く》い入るようにみつめているのは、人間の、青年だ。

青みがかった銀の長い髪。白磁としか表現しようのない滑らかな肌。吸い込まれそうに深い水底の色をした青い瞳。

「……バスティアン……様？」

これまで見てきた姿とはまるで違うのに、声だって似ても似つかないはずなのに、遠藤はなぜかそれが、バスティアンだとわかった。

「ああ。よかった、随分長く眠っていたのだぞ」

青年が、頷く。

「……どうして」

どうしてバスティアンは、人の姿に戻って、目の前にいるのだろう。

呪いが解けたのならば自分は死んでしまったはずなのに、なぜこうして生きているのだろう。

遠藤はぼんやりと周囲を見回した。

覚えのある景色。バスティアンの寝室だ。ベッドに寝かされている。バスティアンはベッドに腰掛け、遠藤の頭のそばに片手をついて、まだじっとみつめてくる。

「俺は、毒で死んだんじゃないんですか……」

た。

掠れた声で訊《たず》ねる遠藤に対して、バスティアンの返事には明らかな怒りの成分が含まれてい

「そうだ」

「心臓も止まり、呼吸もなく、体が氷のように冷たく、硬くなっていった。それを見た私の絶望がおまえにわかるか、ユウト」

ぎゅっと眉を寄せて自分を睨《にら》むバスティアンに、遠藤はみとれた。

何て美しい人なんだろう。

「早く蘇生《そせい》しなければと焦るのに、私まで体が動かなくなった。壮絶な苦痛に——まるで体が作り替えられているかのような激痛に喚《わめ》き散らして、気づいた時には、この姿だ」

バスティアンが片手を挙げ、長い指を部屋の明かりに透かすように見た。

「わけがわからない。だが、混乱している場合ではない。おまえは毒を飲んで死んだ。だが、毒だ。毒ならば」

その手を下ろすと、今度は手の甲で遠藤の頬に触れてくる。怒った表情を見せていたはずなのに、遠藤の頬が温かいことを確認して、バスティアンはほっとしたように厳しい眦《まなじり》を緩めた。

「毒ならば、取り除く術がある」

「——あ」

遠藤は、城に来て間もない頃のことを思い出した。

（『特別な力』）

慣れない料理で大失敗した時に、バスティアンが使ってみせた魔法。彼は悪臭を放つ鍋の上に手をかざし、呪文のようなものを唱えて、料理からその臭いの素を消した。

「人の体にも……使えるのか……」

「人の体にもというか。命を狙われることの多い王族が、毒殺から身を守るために神から与えられた術《すべ》だ」

「……そうなのか……」

アルバンに渡された毒がどういった性質のものだったか遠藤にはわからないが、何にせよ毒素を取り除いてしまえば、蘇生する可能性は出てくるのだろう。

「それでもなかなかおまえの心臓は動かないし、冷たいままだから、怖ろしかった。何度名を呼んでも、胸を叩《たた》いても、しばらく反応がなかったんだ」

「毒自体を取り除いたとはいえ、毒によって壊死《えし》した部分は治らなかった……？」

だとしたら、今の自分は五体満足というわけにはいかないのだろうか。そう思って訊ねた遠藤に、バスティアンが首を傾《かし》げた。

「いや、毒で腐った部分も、治っているはずだ。ただ、治るまでに少し時間がかかった。おそらく私とユウトが『真実の愛』で結ばれるためには、私の信じる力が足りなかったのだろう。

「……すまなかった」

「……？」

バスティアンに謝られる意味がわからないし、そもそも真実の愛で結ばれるためにという言葉の意味もわからない。

それで遠藤が不得要領の顔をしていたら、バスティアンが微《かす》かに笑った。

「そうか、よその世界から来たユウトは知らないのか。神の血を引く私にとってスープから毒を取り除くくらいなら簡単だが、人の全身に回った毒を消し去るには、条件を満たさなければならない」

「条件？」

「魔法を使う側も、使われる側も、王家の者でなくてはならないのだ。すべての民に使っていれば、消耗して死んでしまうだろうから、神のご配慮だと言われている」

「え、いや、それなら俺は、助かりようがなかったのでは……？」

当然ながら、遠藤は王族ではありえない。それどころか、この世界の人間ですらないのだ。

首を捻《ひね》る遠藤に、バスティアンが微笑んだ。

「ユウトは私と真実の愛によって結ばれて、王族になった」

「……ん？」

「その説明もなく、断りもなく、私と同じく普通の人間よりも長く生きる丈夫な体にしてしまったことは、詫びなければならないだろう。だがどのみち、私はユウトを置いて命を終えるつもりは毛頭ないし、ユウトもきっと了承してくれるだろうと思っていたから」

「ちょっ、ちょっと待ってください、何だかいまいち、状況が飲み込めない」

遠藤は身動ぎして、起き上がった。バスティアンが心配そうな表情で止めようとしたが、無理にも体を起こす。

「真実の愛というのは、永野《ながの》が――『呪い師』が口から出任せで言ったことで、そんなもので呪いが解けるわけがなくて」

「私の呪いを解いたのは、ユウトなのだろう？」

「――ああ、そうか、俺が死んだから……？」

バスティアンの呪いは、遠藤が自ら死ぬことで解いた。解けた。そこまではいい。

「ええと、俺が王族になったっていうのは、どういうことなんですか？」

「王の子を孕《はら》む者は、強い力を持つ子を産み出し育てるためにも、神の力を分け与えられ、王族と同じほど強健な体に作り替えられるのだ」

混乱する遠藤に、バスティアンが根気よく説明を試みる。

「そのためには、互いに心から想い合わなくてはならない。互いが愛情を言葉にして、受け入れて、接吻けると、絆《きずな》が生まれる。……イレーネ様と父も、そうして婚姻が叶ったのだ。イレーネ様の身分がどうあれ、絆が父王との間に生まれれば、そう宣言する二人を誰も阻むことはできない」

王と寵妃《ちょうひ》が結ばれ、誰にも阻めなかった理由もそれでわかった。

が、遠藤には別に気になることも出てきてしまう。

「……ええと……では、バスティアン様の母君は」

「イレーネ様よりも若く美しく無知な母を父に宛がえば、いずれイレーネ様に飽きた父が心変わりをすると、城の連中が画策して連れて来たんだ。実際、そうなった。私が生まれるまで母は病がちで、だから王の寵愛を受けることがないと周囲にも知れ、ますます病んでいったが……王が寝室に渡られた時、待ち焦がれた夫が来たと、母は無邪気に喜び、父を愛したのだ。そんな母に、父も心惹《こころひ》かれた」

「うーん……」

聞けば聞くほど、バスティアンの父という人は男として最低な部類に入るように思えるが、それでバスティアンが生まれ、彼の母親も喜んだのであれば、自分が口を出すところではないのだろう。

それに今はそこが問題ではない。遠藤はあれこれ言いたいことを、どうにか飲み込んだ。

「結局父はイレーネ様のことも愛し続け、その後母のところへはほとんど来ることがなかったせいで、母は貞節を疑われ辛《つら》い思いは続き、気の病は未だ治らないままだが……私に王家の魔法が使える以上、私はやはり、父の子なのだ」

「その、魔法が使えることを証《あかし》として、嫡子であることを宣言することはできなかったんですか?」

「何しろ目に見える類の魔法ではないからな、この力は」

「それは……そうか……」

たとえば毒が目に見えれば話は早いが、難しいだろう。他の王家の人間に毒を飲ませるわけにはいかないし、バスティアン自身が毒を飲んでみせて自分で取り除いてみたりしたところで、自作自演を疑われるのがおちだろう。

「王家の力のことはわかりました。……真実の愛、というのは?」

訊ねた遠藤に、バスティアンが微笑んだ。

「真実の愛は、真実の愛だ。私とユウトの間に確かに存在する想いのことだろう」

改めて間近でみつめられ、遠藤は目許《めもと》や耳が熱くなるのを感じた。みつめ返してバスティアンに身を寄せたくなる衝動を堪える。今はいろいろとたしかめることが多すぎる。

遠藤は大変な努力をして、ひとまずバスティアンから無理矢理視線を逸《そ》らした。

「相手を愛しているという想いを言葉にして、キスをすれば、絆が生まれて……俺が、王族と同じような体になる……?」

「ユウトには魔法が使えないがな。子を産むために、体が頑丈になる。——ユウトは死んでいたからわからないだろうが、ここの辺りに強い熱のようなものを感じたはずだ」

そう言って、バスティアンが遠藤の左胸の辺りを掌で押さえる。

「絆が生まれた瞬間、言葉で説明されなくとも、互いの間に絆が生まれたことがわかるのだ。私も初めて受けた衝撃と、感動だった。……ユウトと共に味わえなかったことは、ひどく残念だな」

苦笑するバスティアンに、遠藤はようやく彼の態度について腑《ふ》に落ちた。

(そうか。それで、毒を飲む前に、ひどく落胆していたのか……)

遠藤はバスティアンを愛していると言い、バスティアンも同じ言葉を返して、接吻けを交わした。

だがそんな衝撃は遠藤にもバスティアンにも訪れず、バスティアンの姿は獣のまま変わらなかった。

だから、自分と遠藤の間に『真実の愛』がなかったのだと、バスティアンは失望したのだ。

「俺ももう一度言っておきますが、真実の愛で呪いが解けると言ったのは、呪い師の口から出任せです。話すと少し長くなるんですが……」

だが余計な蟠《わだかま》りを少しでも残したくなくて、遠藤は自分と友人がいかにして死に、いかにしてこの世界にやってきて、いかにして再会したのかを、すべて話した。

勿論《もちろん》、いかにして自分が神に願いを告げ——その願いのせいでバスティアンの運命を捻《ね》じ曲げることになったのかも、洗いざらい。

「……そうか」

遠藤が言う「俺のせいだ」という理由を聞けば、バスティアンは結局幻滅して、生まれたという絆も砕けてしまうかもしれない。

そう思うと怖ろしく、指の先まで冷たくなるほどだったが、遠藤の怯《おび》えに反してバスティアンは穏やかな表情で笑った。

「アルバン王子は、関係なかったか」

「はい。俺がアルバン王子に会ったのは、バスティアン様と出会った後ですから。……ただ、あの人がバスティアン様を純粋に家族として想っているとは、俺には、とても」

言い辛くて口籠もった遠藤に、わかっている、というふうにバスティアンは頷いた。

「兄を尊敬していたが……疎まれ、憎まれているのも、本当は心のどこかでわかっていた。信じたくなかっただけで」

「……」

「そんな辛そうな顔をするな。仕方がないとわかっている。誰に裏切られようが……今ここに、ユウトがいるという事実だけで、私はもう傷つきはしない」

バスティアンが微笑む。遠藤はその表情にみとれずにはいられなかった。

「私のあの獣の姿は、ユウトの理想であったのか」

「……はい」

だが遠藤はバスティアンに問われると、顔を上げていられず、目を伏せて俯《うつむ》いた。

「俺の身勝手な願いに、バスティアン様は巻き込まれただけです。あなたに何ひとつ非はない。悪いのは全部俺で」

「では、今の姿では愛せないか？」

遠藤の言葉を遮るように訊ねるバスティアンの声音は、真剣ではあったが、どこか笑い含みの余裕めいたものだった。

きっと目を覚ました時の遠藤が、人の姿の自分にみとれて言葉を失《な》くしたことを、わかっているのだ。

今だって、本当はじっとその姿をみつめていたいと願っていることも。

「……そんなに美しい人を、愛せない人間がいるとは、思えないですよ」

「ふむ。では私が見るに見かねる醜男であれば、この愛は消え失せてしまうものだろうか？」

「……っ、あなたの心根を愛していますので！」

――やはり、からかわれている。

出会ったばかりの頃、よくこうやっておもしろ半分に言葉を与えられたことを思い出し、遠藤は耳まで赤くなって、やけくそ気味に声を張り上げた。

「バスティアン様は時々やけに意地の悪い言い回しにはなるけど優しくて、そばにいると幸福にしかなれない。姿や声が変わろうと、その話し方も、言葉も、俺を見る眼差《まなざ》しも変わらないんだ。たとえあなたが老いて太って髪が抜け落ちようと、今度はカエルになろうと、俺の気持ちに変わりありませんよ」

「だが、あの毛並みに顔を埋《うず》めて眠れなくなるのは、正直惜しいと思っているだろう？」

「……う……、……それはまあ、正直、たしかに」

元々笑いを堪えていたバスティアンが、遠藤の答えに、とうとう声を上げて笑い出した。

「そんなユウトに、いいことを教えてやろう」

「え？」

「――」

バスティアンが目を閉じる。何をしているのかと、遠藤は訝《いぶか》しく思いながら、瞼を閉じたバスティアンの顔を覗き込んだ。

「――ほら」

眠っているのではと思うような無言ののち、バスティアンが目を開き、右腕を遠藤の目の前まで持ち上げた。

「……!?」

遠藤は絶句する。バスティアンの右腕の肘から先――そこだけ、白い毛並みに黒い模様、あの美しい獣のものになっていたのだ。

「な……な、な、なんで」

「さあな。ためしにやってみたら、できたんだ」

左手で、バスティアンが自分の右腕を撫《な》でている。

「やってみたらできた、って、そんな簡単に……」

「私にも不思議だったが、先程のユウトの話を聞いて、少し腑に落ちた。おまえの望みは、美しい獣と暮らすこと。だがおまえが死に、私にかかった呪いは解けた。――が、私がユウトを、死の淵《ふち》から救った。すると神の叶えたもうたはずの『獣と暮らしたい』というユウトの望みが、果たされなくなる」

遠藤の答えを聞いて、バスティアンがにっこりと笑った。

「だから……神が、帳尻を合わせた……？」

「まさに。その言い方がしっくりくるな、きっとその通りだ。我らの神は、強い力を持つものの、案外大雑把なのかもしれん」

そう言って、バスティアンが愉快そうに笑い声を上げる。

「どうする、ユウト。もう少し頑張れば、一時的にだが以前の姿に戻ることができるぞ」

「それはすごく嬉《うれ》しいけど……でもその前に、やってみたいことがあるんです」

「うん？」

首を傾げるバスティアンの頬に、遠藤は手を伸ばした。

「あの姿のままだと、あまり、ちゃんと触れた感じがしなくて……」

そう言う遠藤の言葉を飲み込むように、顔を近づけてきたバスティアンが、唇を重ねてくる。

遠藤は目を閉じて、その感触を味わった。獣と比べれば、柔らかく、小さくて、温かい唇。同じ形の遠藤の唇と、しっくり重なり合う。

それが嬉しくて、遠藤は自分からも何度もバスティアンの唇に唇を触れ合わせた。

最初は触れるだけでも嬉しく、心地よかったが、もっと近く、強く触れ合いたいと衝動のままに繰り返すうち、キスが深くなっていく。

バスティアンが遠藤の上唇を食《は》み、遠藤もバスティアンの唇に舌を這《は》わせる。舌同士が触れ合って、遠藤は微かに身震いした。

(獣だろうが人だろうが、触れ合えるなら、何でもいい——こうして目一杯触れ合えないようなら、獣よりも人の方がいい)

バスティアンの胸に抱かれて眠るだけの夜が、優しくて安心だったのに、ずっと不満だった。

「……ん」

夢中になってバスティアンと深い接吻けを交わし、縋るように腕を相手の背中に回す。口中の奥深く、上顎を舌でなぞられてまた身震いした。

接吻け合ったまま、肩を押されて再びベッドに横たわる。バスティアンが遠藤の上に覆い被さってくる。

毛布を剝ぎ取られ、遠藤は今さら、自分がまったく何の布すら身につけていないことについて思いを馳《は》せた。

「ど……どうして俺は、裸なんだろう？」

「濡《ぬ》れて汚れた服を着ていたから、脱がせたんだ。そのままベッドに寝かせるわけにはいかないだろう」

そう言って、バスティアンが遠藤の額にも唇を落とす。バスティアンの方は、元の服では大きすぎたのだろう、遠藤の寝間着を羽織ってはいるが、脚まで届く長いシャツの前ボタンの上の方は留めきらず、首筋や胸元が露わになっていて、無闇に色気を振りまいている。

「できる限り毒を取り除いたとはいえ、どこかに紫斑でも出ていれば、もう一度魔法を使うべきだろうと思っていたし――」

「そう……か、ありがとう、ございます」

自分の体を気に懸けてくれたからこそか。遠藤がバスティアンに礼を言うと、にっこりと、極上の笑みを返された。

「特にそんなこともなく、どうやら眠っているだけだとわかってからは、下心をまったく感じなかったとは言えないが」

「……っ」

首筋にも唇を這わされた。獣のままの右手の掌で肩から腕を撫でられ、遠藤は動揺を見透かされまいと、必死に深い呼吸を繰り返す。

「いくつかまだ、聞きたいことがあるんですが」

「ふむ、ユウトは閨《ねや》で会話を交わしながら致すのが好きな方か」

こういう状況で、また意地の悪いところを発揮しないでほしいと思う。

「と、というか、話が終わったわけでは、ないので……」

「他に何が聞きたい？　私はもう堪えられる気がしない。ずっと空腹でユウトのそばにいて苦しかったのが、やっと触れられるようになったのだ」

「……まだ俺を、食べたいですか？」

獣としての食欲が、残ってしまっているのだろうか。

自分の身が不安というよりは、バスティアンの心身が心配になって訊ねると、またにっこりと、どこか腹の立つくらい美しい顔が笑った。

「ああ、体の隅から隅まで、喰い尽くしたい。獣の時とは違って、本当に腹が減っているわけではないがな。――ここに私を受け入れさせて、私の子を孕ませたい」

「……っ、その、それです、聞きたいのは。子を、は……孕む、とは」

妙な汗が、遠藤の全身からじっとりと湧き出る。

「見てわかるとおり、俺は、男なんですが」

「ああ、見ればわかるぞ」

バスティアンから、わざわざ、キスだけで勃《た》ち上がっている体の中心に視線を向けられ、遠藤は首まで赤くなった。

「この世界では、男も、その、子供が……？」

「王族は、だな」

遠藤の頬から耳許、首筋へと、バスティアンが唇や舌で触れながら答える。

「神の血を絶やすわけにはいかないが、男でありながら男を愛する王がいないわけではない。そこで血筋が絶えては困るので、伴侶《はんりょ》となる者の体を子を孕み産む時だけ作り替えられるようになったのだ」

バスティアンの獣の手が、爪の先で遠藤の胸から腹をなぞる。触れるか触れないかの感触に、遠藤は呻《うめ》き声を上げた。

そんな触れ方でも悦楽になる自分の体は、バスティアンによってすでに作り替えられているのか。それともただ愛する男に触れられるだけで感じるような、好き者だったのだろうか。

（それも、どっちだっていい――）

バスティアンの姿同様、どちらでも同じことだ。

どうでもよくないのは、別の部分だった。

「俺が、バスティアン様の子を産む……？」

「嫌か？」

端的に訊ねられ、遠藤は動揺を隠せずに、うろうろと視線を彷徨《さまよ》わせた。

「少し、怖ろしいです。俺のいたところでは、たとえ手術で体を作り替えたって、そんなことできなかった。自分が、その、女性の役割になるというのも、ぴんとこないし……」

「もしも、ユウトが嫌なら……」

「思ってもいないことを、わざと聞かないでもらえますか」

遠藤が睨むと、バスティアンが少し困った顔で笑う。

そんなふうに笑われると、からかわれたことに対する怒りも、吹き飛んでしまうから、狡《ずる》い。

「……全然頭が追いつかないけど、でも、バスティアン様が他に花嫁を娶《めと》る必要がないなら、嬉しいですよ」

また唇に、丁寧に接吻けられた。

「ああ。私の妻はおまえの他に考えられない、ユウト」

そのまま首筋を辿って下りたバスティアンの唇に鎖骨の辺りを強く吸われ、人の手で胸の先へと触れられる。それだけでびくりと、遠藤は大袈裟《おおげさ》なくらい背中を浮かせた。

怖いわけでもないのに、肌が粟立《あわだ》っている。バスティアンに触れられるところ触れられるところ、すべてが快楽に繋《つな》がるようで、自分でも愕然《がくぜん》とした。

「実を言えば……父と母のこと、イレーネ様や兄妹《きょうだい》たちを見ていて、自分には真実の愛など必要ないと思っていた」

バスティアンの指先で、容易《たやす》く尖《とが》って硬くなった片方の乳首を摘まれ、捏《こ》ねられる。

「伴侶を得ることなど考えられず、誰かと子を成すことなど考えるだけで厭わしい気持ちになっていたはずなのに——」

反対側の乳首に、今度はバスティアンの舌が当たった。尖らせた舌の先で突かれ、吸い上げられると、甘い痺《しび》れが拡がって、そこもすぐに硬く膨らんでいく。

「ユウトのこんなに可愛《かわい》い姿を見ていたら、そんな気持ちを持っていた頃のことが、もうよく思い出せない」

「……っ、あの、もうひとつ、聞きたいことが……っ、んんっ」

バスティアンの唾液で濡れた突起に、硬いものが宛てられる。それがバスティアンの獣の爪だとわかった途端、遠藤はまた身震いした。

「や……あっ、ぁ……」

遠藤を傷つけないようにと注意を払いながら、バスティアンの硬い爪が掠るように乳首に触れる。

人の指に弄《いじ》られた時よりも、興奮した。長い時間一緒にいた時の姿と、今のバスティアンの姿が重なり、両方から愛されている気がして、くらくらする。

「バ、バスティアン様、は、今、おいくつ……なんですか……？」

「ぁ……っ」

バスティアンの爪は、遠藤の乳首を嬲《なぶ》ってから、脇腹へと滑り、そのまま腰骨の方へと下りてくる。浮き出た腰骨を掌が触れ、毛並みの感触にも触れられて、遠藤は思わず自分の口許を両手で押さえた。甘ったるい嬌声《きょうせい》が漏れそうで怖い。

「昨年、成人したところだ。生まれてから十九年になる」

バスティアンは何の遠慮もなく、遠藤の脚に手を掛けると、膝を曲げて大きく開かせてきた。

（と、年下……！）

六つも年下だ。遠藤のいた世界なら、大学生だ。獣の姿の時は年齢などわかりようもなく、てっきり自分よりも年上だろうと思っていたのに。

今さら見た目や年齢で気持ちの変わる理由にはならないとはいえ、さすがに遠藤は、うろたえた。

（大丈夫だ、淫行ではない――）

そもそもそんな法律がこの世界にあるかもわからないのに、そんなふうに自分を宥《なだ》める。

「他にまだ、聞きたいことが？」

十九歳という衝撃に動揺していた遠藤は、バスティアンに問われてから、急に自分がどんな恰好をさせられているかに思い至ってさらに狼狽《ろうばい》した。

しかし年上の自分が、こんなことで取り乱すわけにはいかない。歳《とし》は関係ないと思っても、生娘のように慌てふためく自分など、とても許容できるものではない。

だからじっと、バスティアンが寝間着のシャツを脱ぎ捨てる姿を、微動だにせず見守ってしまった。

剣の稽古などで鍛えているのだろう、細身の割にしっかりとした筋肉のついた腕や胸板だ。腹もうっすらと割れている。皮膚を覆うあの美しい体毛は片腕以外に見当たらないのに、しなやかな体軀《たいく》はどこか動物めいた印象を遠藤にもたらした。

そしてゆったりとした下着の下から、逞《たくま》しいものが存在を主張している。遠藤はなんとなくそこへまっすぐ視線を向けることができなかった。

バスティアンの人の手が、そっと遠藤の腰の辺りを弄る。遠藤の性器もすでに硬くなり、腹につくほど上を向いていた。脚を開かされた恰好で、尻の狭間《はざま》まで、バスティアンには余すことなく見られているだろう。

目を逸らしている間に、バスティアンの掌で、勃ち上がった性器にやんわりと触れられた。

「……あ……」

人の手にそっと握られ、優しく撫でられている。

そうしてささやかな刺激を与えられているだけなのに、遠藤のペニスはますます張り詰めていった。触れられたところに全身の血が集まる感じがして、頭の芯がグラつく。

「ん……」

バスティアンの動きはもどかしいほど優しく、遠藤は次第に、物足りなくなった。勝手に腰が浮いて、相手の掌に押しつけるように動いてしまう。

「もっとか?」

笑いを含んだバスティアンの声が聴覚をくすぐり、それすらも遠藤の快楽に繋がる。恥ずかしげもなく何度も頷いた。

「もっと……」

獣の姿のバスティアンに抱かれて眠っていた頃、体も心も落ちつかず、だがその姿に欲情することは許されない気がして、ずっと考えないようにしてきた。

だが今は、堪える必要がない。バスティアンに情欲を感じながら触れられたいし、触れたい。衝動のままに両腕を伸ばすと、バスティアンがすぐに遠藤の望みに気づいて、身を寄せてくれた。相手の背を抱き寄せて唇を開く。差し出した舌に、バスティアンの舌が絡んだ。

「んぅ、ぁ……、……ん」

夢中になって舌を絡め合い、その間に遠藤のペニスを撫でるバスティアンの動きが強く、速くなる。しっかりと握られ、根元から先端まで、小刻みに揺するように擦《こす》られた。

「あぁっ、あ……っん、あ……ぁ……!」

あまりあられもない声を上げたくはなかったのに、触れ合った唇と舌の間から、遠藤は濡れた声を零《こぼ》した。唇の端から飲み込みきれない唾液も零れ、バスティアンに扱《しご》かれ続ける性器の先からも、止めどなく先走りの体液が流れている。

水音が寝室の中に響き、城の中に自分たちの他は誰もいないとわかっていても、遠藤はその音や自分の声のだらしなさに身が灼《や》けるほど羞恥を感じた。

自分がこんなふうに淫蕩《いんとう》な行為に耽《ふけ》ることがあるなど、考えたこともなかったのに。

「ああ……愛らしい声だ……」

その上バスティアンがそんなことを恥ずかしげもなく呟くから、心も体もさらに煽《あお》られる。

「愛している、ユウト」

耳許で囁《ささや》かれて、限界がきた。堪える間もなく、あまりに他愛なく、バスティアンの手の中で遠藤は達した。

「……は、ぁ……」

呼吸が乱れ、大きく胸を上下させる遠藤の唇に、バスティアンが休むことなく接吻けを与え続けている。射精したのに、手の動きも止めてくれない。遠藤のペニスはまだ硬かった。

足りない、と言葉にせずとも、バスティアンには伝わってしまっているだろう。

「——今こんなことになるとわかっていれば、王宮から特製の油薬を持ってきたのだが……」

バスティアンの声音は熱っぽい。自分の嬌態を見て興奮したのだとわかって、遠藤は胸をざわつかせた。

嬉しさと恥ずかしさと、これまで感じたことのない強い感情のせいで、ずっと気持ちが上擦っている感じだった。

「ユウトは、ここに男を受け入れるのは初めてか？」

つと、その窄《すぼ》まりをバスティアンの指先が触れた。遠藤は微《かす》かに身を強張《こわば》らせ、黙って頷いた。さすがにこの歳だ、のめり込めなかったとはいえそれなりに女性経験はあるものの、同性との行為については念頭に上ったことすらなかった。

「そうか」

「……バスティアン様は……？」

訊ねた遠藤に、バスティアンが少しはにかむような表情で頷く。

「私も、男と交わるのは初めてだ」

――初めて同士だと少し怖いなとか、でも他に男と経験があったら何となく嫌だなとか、かといって女性としか寝たことがないとわざわざ教えられても複雑だなとか、あれこれ巡らせていた遠藤の頭の中が、そのバスティアンの表情ですべて吹き飛んだ。

「だが案ずるな、きちんと教えは受けている。子胤《こだね》が腹につくようになるまでには、女が相手の時より時間はかかるだろうが、そこに至るまでに睦《むつ》み合える時間が増えると思えば、むしろ」

バスティアンの言葉は直截《ちょくせつ》に過ぎるような、なのに囁かれると触れられてもいないのにぞくぞくするような、おかしな甘さを含んで遠藤の耳に届く。

（俺の体は、どうなるんだろう……）

バスティアンを待ち侘《わ》びて鼓動を速くさせながらも、遠藤は頭の片隅でそう考えて、少し身が竦《すく》む。すべて女性のように作り替えられてしまうのか。それとも、『子を孕む』場所だけが変わるのか。

遠藤の不安を読み取ったように、バスティアンが獣の手で頬に優しく触れてくる。

「ユウトはただ私に身を任せればいい。ただ快楽に身を浸して、もっと可愛い姿を見せてくれ」

バスティアンはまた平気で、恥ずかしいことを口にする。いい歳をして、と思うのに赤らむのを止められず、遠藤は無闇に目許を手の甲で擦る。気恥ずかしいのに嬉しい。バスティアンがそう言ってくれるのなら、六つも上なのにとか、くだらないことを考えず、言われるまま相手に身を任せてしまおう——そう思いながら、最後に残った下着も取り払ったバスティアンの姿を見た遠藤は、思わず呻き声を上げた。

「……バスティアン様……そこも、以前の姿に……？」

バスティアンの下肢の中心で堂々と存在を主張しているのは、細身の美しい青年から想像できるような繊細なものとはほど遠い、あまりに立派なものだ。

「まさか。そんなことをしたら、ユウトが私の子を孕む前に死んでしまうだろう」

「そっ、そのままでも死ぬ」

身を任せようと決めたばかりだったのに、遠藤は逃げ出したくなった。あんなものが、自分に受け入れられるとは到底思えない。

「大丈夫だ。決して苦痛は感じない」

怯《ひる》む遠藤の腰を、バスティアンがやすやすと摑む。

「……っ」

腰を高く掲げさせられ、無様な恰好を取らされたことに抗議する間も与えられず、今度は尻を摑まれ狭間を開かされた。

「何を……、……ぁ……!?」

舌を、そこに這わされた。指で開かれた体の最奥、窄まりに、バスティアンはためらいもなく舌を差し込んでいる。

「やっ、嫌だ、待っ……」

恥ずかしさと衝撃で、遠藤は取り乱した。そんなところを、バスティアンに舐《な》められている。

バスティアンに、そんなことをさせている。

信じがたく、なのに温かく湿った舌で中を探られるのが気持ちよくて、さらに惑乱する。

（嘘だ、こんなの――）

いやらしい水音を立ててバスティアンが遠藤の奥を濡らしている。ときおりそれを抜き出すと、張り詰めた陰嚢《いんのう》の方まで這わせ、そこもちろちろと撫でるように舐めたり、嫌だといいながら一向に萎《な》える気配もないペニスまで刺激したりしている。

ペニスの先端は口のようにぱくぱくと開き、そこから体液が零れ続けている。

濡らされてほぐされた窄まりが、じんじんと、熱を孕んで痺れていて、ひどく疼《うず》く。まるで何かおかしな薬でも塗り込められたようだ。

(……欲しい……)

疼いて、疼いて、止まらない。その感じをやり過ごせない。

「もう、欲しいか?」

そしてまたそんな遠藤の心を見抜いたように、バスティアンが熱っぽい声で訊ねてくる。その声がまたからかうようなものだったら遠藤は恥ずかしさに耐えきれなかっただろうが、甘くねだるような響きだったから、素直に頷いた。

バスティアンも、遠藤を欲しがっている。

「こ、怖い、けど……」

バスティアンの昂《たか》ぶりを思い出し、それが自分の中に入ってくることを考えると、どうしても身が竦みそうになる。

「大丈夫だ。——おまえのここは、もう私を受け入れるためだけにある」

身動ぎ、バスティアンが遠藤の腰を抱え直す。座ったバスティアンの膝に、両脚を乗せるような恰好にさせられた。

「……っ」

ぐっと、熱の塊が窄まりに押し当てられる。

「や、やっぱり無理……、……ッ……あ……⁉」

怖さに耐えられず、身を引こうとした遠藤の腰を押さえつけ、バスティアンが強引に押し入ってきた。

「ぁ……っ、あぁ……！」

覚悟していた痛みが、まるでなかった。

あるのは、熱く太いもので体の中を強く押し開かれる感覚と——壮絶な快感。

「ゃ、あ……、ん……あ……ッ、ああ……」

もう自分がどんな声を出しているのか、どんな顔をしているのか、遠藤にはわからない。悲鳴のような声が勝手に喉から零れ出ている。

バスティアンは止まることなく、最後まで遠藤の中に身を収めた。

予想のはるか奥にまでその熱が届き、遠藤は無意識に自分の腹を押さえた。

「ここ——」

「ああ。私がいるのが、わかるか？」

どっと溢《あふ》れてきた汗に、涙を混ぜながら、遠藤は頷いた。深いところでバスティアンと繋がっている。考えるより先に、感覚でそうわからされた。

「痛くはないだろう？」

「……き……もちいい……」

譫言《うわごと》のように言う遠藤に、バスティアンも汗まみれの顔で笑った。

「これでもう——ユウトは生涯、私のものだ」

バスティアンの言葉もまた、遠藤の奥深くを貫く。胸が燃えるように熱くなった。

（……これが）

絆が生まれたという瞬間、バスティアンしか感じなかったはずの衝撃。

それを多分今、遠藤も感じている。

感情が一気に溢れてくるがうまく形にできず、遠藤はもどかしさを抱えながらバスティアンの背に腕を伸ばした。縋るように抱き締める。

「好き……好きです、バスティアン様……愛してる……」

そんな言葉では足りないのに、他に浮かばず、遠藤は何度もそう繰り返した。

「ああ。私もだ」

力いっぱい、バスティアンに抱き返された。

抱き合うだけではお互い満足できず、遠藤は再び体をベッドの上に横たえられた。バスティアンが遠藤に覆い被さるようにして、頭の横に両手をつく。

バスティアンが大きく身を抜き出すと、浅いところをゆっくりと擦ってくる。遠藤は目を閉じてその感覚を追った。

「……っ、……ぁ……ん……、……あ……」

押し拡げられる感じが強い。やはり痛みはなく、少し苦しいのに、それ以上の快楽が体の真芯に響いている。

その感じに慣れ始めた頃、今度は再び奥深くまでバスティアンの熱を押し込まれ、遠藤は息を詰めた。

「あッ、ぅ……、ん……、……ッ、……ッ……！」

奥を何度も突かれ、遠藤はもう言葉もなく身を強張らせた。強引に快楽を引き出される感じがする。

頭の奥まで犯されている錯覚が怖くて、そばにあるものに闇雲に手を伸ばす。毛並みの感触がした。――バスティアンの手だ。遠藤はそれを両手で摑み、自分の顔の方へと持ってきた。頰を擦りつける。

バスティアンが短く息を吐くように笑う気配がした。

「やはり、ユウトは、獣の私が好きか」

「け……っ、けもの、の……バスティアン様も、好き……こっちも……」

譫言のように答えながら、遠藤はバスティアンの顔にも手を伸ばす。頰に触れようとしたら、唇にぱくりと指を咥《くわ》えられた。遠藤も、バスティアンを見上げて笑う。

「たべ……っ、……んっ、……たべます、か？」

強く体を揺すられ、声を乱しながら問い返した。そうなってもいい、と今になっても遠藤は本気で思う。

「ああ、全部、食べてしまおうか――」

「……ッ」

より深く、バスティアンに体を貫かれ、遠藤は声すらなくして首と背を仰《の》け反らせた。腰を人と獣の手の両方で押さえつけられ、荒く何度も中を突かれる。

遠藤は奔流にさらわれるような錯覚を覚えながら、もうまともに思考もできず、ただ与えられる壮絶な快楽に身を浸す。

「ぁ……あ……！」

最後に大きく身を打ちつけ、バスティアンが深いところで留まったまま、大きく胴震いした。

――中で、射精している。そう気づいた刹那、遠藤も腰を震わせ、ペニスの先端から白濁したものを短く何度か吐き出した。

「……は……」

止めていた呼吸のことを思い出し、大きく息を吸い込む。

バスティアンの体が上に重なって、その重みの心地よさに、遠藤は改めて溜息をついた。うまく力の入らない腕をどうにか持ち上げ、その背を抱き締める。

「ユウト……」

バスティアンが遠藤の頬に触れ、唇を落としてくる。あまりに満たされた気持ちで、遠藤は

目を閉じた。

（こんなに気持ちのいいことが、この世にあったとは……）

口にすれば恥ずかしいことを、遠藤は心の中で呟いた。

（もし後先考えない勝手な神に再会するようなことがあれば、自分の願いを棚に上げて罵ってやろうと思っていたが……）

今はもう、そんな気は失《う》せている。きっと神とやらにまた会えた時には、きっと、感謝の言葉しか出てこないだろうなと思った。

終章

「母さま、またフィンが木の上で寝てる！」

甲高い子供の声を聞いて、キッチンで湯を沸かしていた遠藤《えんどう》は、やれやれと庭の方に顔を出した。

「おまえも一緒に上ればいいだろう？」

「嫌だ、落ちたら危ないよ」

前庭には、膨れっ面の子供が立っていた。まだ二歳と少しだが、随分言葉が達者だ。

「それに狡いよ、フィンだけ父さまと同じでさ。ぼくだって、父さまと一緒に走ったりしたいのに……」

半泣きになった次男のそばに歩み寄ると、遠藤は苦笑しながら抱き上げた。

「いいだろ、ハルト。おまえは俺と一緒だ」

「それは……いいけどさあ……」

前庭の一番大きな木の枝には、小さく白い毛並みを持つ獣が丸まって昼寝をしている。遠藤とバスティアンの間に生まれた、双子の兄だ。

二年と少し前、自分の産んだ子が人の形と獣の形と両方を持っていたことに、遠藤は泣きじやくるほど歓喜した。

バスティアン同様、上の子のフィンも人の形になれるし、生活する上でその時間の方が多いのだが、眠る時や疲れた時など、獣の姿の方が楽らしく、形を変えている。

人にしかなれない弟のハルトは、それが悔しいらしくて、喧嘩《けんか》が絶えなかった。

それが遠藤の悩みといえば悩みだが――まあ、幸福な悩みだろう。

「僕もいつか、フィンや父さまと同じになれないのかなあ……」

「どうだろうな。俺はみんな大好きだから、どんな姿でも構わないんだけどな」

「それも、わかってるけどさ」

抱き上げて揺すっているうちに、ハルトはころりと機嫌を直した。兄が狡いというよりも、一緒に遊べずに構ってもらえないことが、寂しいだけなのだ。

「さあ、そろそろお茶にするから、父さまを呼んできてくれ」

「はぁい」

ハルトは身軽に遠藤の腕から飛び降りて、城館の中に駆け込んでいった。バスティアンは執務室で仕事をしているはずだ。

遠藤は改めて、木の上の長男を見て、笑いながら溜息を吐《つ》く。

――バスティアンと婚姻を結んでから、五年。

結局遠藤たちは、この雪山の城で暮らし続けることを選んだ。

バスティアンは人の姿に戻り、アルバンが遠藤に渡した小瓶を持って、一度王城に戻った。勿論遠藤もついていった。

バスティアンは長い時間をかけて父と話をして、自分が本当に王の血を引く子供であるということを、すべての国民に報《しら》せる約束を取りつけた。

その代わりに、王位の継承権は放棄して、公爵の地位と共に今の城と、いくつかの地方の領地を正式に与えられることになった。

ついでに遠藤との婚姻について書類にまとめ、その子供についても王位とは一切関わらないという書類にもサインをした。

バスティアンと遠藤の婚姻について、城の誰も大した興味は持たなかったが、バスティアンの母親を除いては、唯一メリオッサだけが大喜びで祝福してくれた。

『難民風情を兄上が娶るのは、嫌ではないんですか？』

王城で顔を合わせた時、半ば皮肉交じりで訊ねた遠藤に、『あら』とメリオッサは心外そうな顔をした。

『お兄様が選んだ者なら、文句はないわよ。そもそも私のお母様が娼婦《しょうふ》だったんだもの、結婚するのに身分がどうこうなんて言わないわ。使用人に対して多少高飛車なのは見逃すべきね、そうしなければ、私たち兄妹は所詮卑しい身分の女から生まれた子供だって、陰で馬鹿にされてしまうんだもの』

メリオッサはメリオッサなりに、苦労して育ったらしい。

『それにおまえ、いいえ、あなたには感謝しているわ。お兄様を元の姿に戻してくれたというんだもの』

『――姿がそんなに重要だとは、思えませんが』

『馬鹿ね！　重要に決まっているでしょう、人は誰しもまず容姿で他人を判断するのよ。あんな醜い獣の姿では、お兄様がどれだけお優しくて聡明《そうめい》な方なのか、よほど付き合いがない限りわからないのよ』

叱《しか》り飛ばすように言うメリオッサに、遠藤は思わず返す言葉を失った。

『そりゃあ私やお兄様のお母様……それにあなたは、お兄様がどんな方か姿にかかわらず大好きだから、わからないでしょうけどね。お兄様のお立場をおもしろく思わない人、まあ私のお兄様たちなどは、そこを責め立てるでしょう。お兄様とろくに触れ合う機会もない民たちも、口さがなく語るでしょう。私にはそれが我慢ならなかったのよ！』

彼女のことを少し誤解していたようだと、遠藤は反省した。ただバスティアンの人の姿を惜しむだけで、何度も雪山を訪れたり、呪いの解き方を熱心に探すはずがなかったのだ。

バスティアンの母親とも会った。バスティアンによく似た美しい人で、バスティアンは彼女も城に連れて行くつもりだったが、本人が嫌がった。

『雪山では、体が辛いでしょうし……それに……』

最後までは言葉にしなかったが、おそらく彼女は王と離れることが嫌だったのだろう。バスティアンは喰い下がることなく、いつか遊びに来てほしいと言い残して、母親の離宮を後にした。

『以前はわからなかったが――今では私にも、母の気持ちがわかるようになった。たとえユウトが他の誰かに心を奪われても、私はユウトを諦めることができない』

帰り道でそんなことを呟いたバスティアンを、遠藤は当然ながら睨んでやった。

『ありえないと思っていることは、口にしないようにと言ったはずですが』

バスティアンは声を上げて笑い、遠藤に謝った。

バスティアンと遠藤だけで城に戻り、元々いた使用人たちは全員解雇した。おそらく誰か、もしかしたら全員が、アルバンから監視役を命じられていたはずだ。

結局、しばらくは遠藤がひとりで城を切り盛りすることにした。バスティアンは領主としての仕事もあるので、大抵執務室にこもり、ときおりは王都や領地から使者がやってきて、「もう少し行き来のしやすい場所に住んでほしい……」と遠藤に向けてぼやいて帰った。

しかし遠藤が子を宿すと、さすがに身重の体では城中の掃除や洗濯などが辛くなり、メリオッサが強引に送り込んできた使用人にそれを任せることになった。

彼らのために新たに宿舎を建て、今では遠藤は彼らに『奥様』と呼ばれる立場だ。他に呼びようもないだろうが、もう少し何とかならなかっただろうか、と未だに考えることもある。

（まさか俺が、奥様と呼ばれる人生を歩もうとは……）

後悔はなく、幸福なばかりだったので、問題はなかったが。

メリオッサはときおりまた勝手に城を訪れる。その他にも、一度永野とファル族の青年がやってきたことがあった。バスティアン王子の結婚の話を聞きつけて、わざわざ祝いの品を持ってきてくれたのだ。

『前の時はあんまり話せなかったからな。――遠藤も俺も、お互い、それなりに、楽しくやっていこうな』

明るい顔で笑う友人は、やはり元の世界にいた頃とは別人のようで、遠藤も彼の幸福を心から願った。

そのうち、以前のように数ヵ月に一度くらい、酒を飲み交わすことがあってもいいかもしれない――と思った矢先に妊娠して、出産後は子育てが壮絶に忙しく、それどころではなかったが。

「ユウト」

しみじみと、ここ数年のことを思い返していた遠藤は、名前を呼ばれて振り返った。

ハルトを抱えたバスティアンが前庭にやってきて、遠藤のそばにやってくる。

すでに見慣れた人の姿。出会って何年も経《た》つのに、遠藤はバスティアンの姿に未だに目を奪われる。ときおり獣の姿に戻る時、バスティアンはよく「こちらの方がユウトは好みなのだろう?」と真顔で言うが、結局「どちらも好きです」と遠藤に答えさせたいがためにからかっているだけだ。

遠藤は自分の願いがバスティアンを苦しめていたことを悔やみ続けていたけれど、バスティアン自身は国民から揶揄《やゆ》を込めて『獣公爵』と呼ばれていることを面白がり、とうとう自らそう名乗るようにすらなってしまった。

獣公爵バスティアン。それはいつの間にか、少なくとも辺境の領民たちからは、揶揄や嫌悪ではなく、善政を敷く領主として敬愛を込めて呼ぶ名と変わった。

だから悔やむことはない、バスティアンは遠藤にそれをわからせるために自ら獣と名乗ったのだ。そう気づいた時、遠藤は何があっても、死ぬまで、自分はバスティアンのことを愛し続けるだろうと確信した。すでに揺らぎようのない愛情を持っていたけれど。

「よく寝ているな」

遠藤の隣で、バスティアンが枝の上のフィンを見上げ、笑った。遠藤もバスティアンからフィンへと視線を向ける。

「でも、そろそろ起こさないと。また転げ落ちたら大変だ」

「よし」

バスティアンは手を伸ばし、ハルトを抱えたまま、ひょいと小さな虎の子のようなフィンを木から下ろした。フィンは大欠伸《おおあくび》をしたが、まだ目覚める気配がない。

「もー、フィンは放っておいて、早くおやつを食べようよ」

おなかを空かせたハルトが不貞腐《ふてくさ》れている。

「はいはい。焼き菓子の匂いがしたら、すぐ目が覚めるだろう」

「ユウトの焼き菓子は世界一の味だからな。信じがたいことに」

四阿《あずまや》に息子たちを運びながら言ったバスティアンを、遠藤は軽く睨んだ。

「最後が余計では？」

バスティアンは声を上げて笑っている。ハルトもつられてわけもわからず笑って、その声で起きたのか、子虎も楽しそうに鳴き声を上げた。

「あんまり笑うと、夕食は毒スープにしますよ」

「そんなもの、魔法で毒を消し去るだけだ」

そうだった。遠藤は負けた気分になって、結局自分も笑ってしまう。

「拗《す》ねるな、午後はのんびりすごせそうだから、少し浮かれているんだ」

領地の税金の処理で、数日バスティアンは執務室にこもりきりだった。

「ユウトの助言のおかげで、ずいぶん早く終えられた。ありがとう」

この国の仕組みもだいぶ頭に入って、遠藤もそれなりにバスティアンの執務を手伝えるようになってきた。子供たちをつきっきりで見守らなければならない時期も過ぎて、これからはもっとバスティアンの役に立てるだろう。

そう思っていたから、バスティアンから素直に感謝されると、遠藤だって許さないわけにはいかない。

「じゃあ、お茶とお菓子を持ってくるから、待っててください」

「ぼくも手伝う！」

バスティアンに子供たちの面倒を見ていてもらおうと思ったが、ハルトが元気についてきたので、手伝ってもらうことにした。

足許にまとわりついてくるハルトと手を繋ぎながら、遠藤はふと、四阿を振り返った。

バスティアンが膝にフィンを抱いて、笑っている。

「母さま、どうしたの？」

立ち止まる遠藤を、ハルトが不思議そうに見上げた。それを見返し、遠藤は微笑む。

「いや。父さまとおまえたちがいて、今日はいい天気だし、なんて幸せだろうと思っただけだ」

「ふうん？」

最初にこの城を訪れた時、いや、この世界に来た時、元の世界で暮らしていた時、こんな日が来るなんて想像もできなかった。

胸いっぱいの幸福を抱えながら、遠藤は——獣公爵妃ユウトは、午後のお茶の時間を家族と過ごすため、息子の手を引いてキッチンに向かった。

あとがき

昔、少し面識のある人から『仕事で虎に跨《また》がったことがある』という話を聞いて、大変羨ましかったものです。

どんな人生を送れば仕事で虎に跨がることができるのか。

羨ましがりつつも、私自身は大きな動物が苦手で、小型犬以上の生き物に遭遇すると固まってしまうたちだったりします。遠目に眺める分には楽しいけれど、「触っていいよ」と言われても多分尻込みする…。

もし遠藤が現世で大きな動物に触れる機会があったとしたら、全然怖がらずに抱きついて、ぺろっと食べられていたかもしれないなあと思います。そして食べられることを無意識に望んでいただろうから遠藤はハッピーだろうけど、相手の動物と周囲の人が不幸になるので、そんな機会がないままにバスティアンのそばにいられるようになってよかった。

（ここから少しネタバレなので、気にされる方は本文を読み終わったあとに進んでください）

今後は望めばバスティアンがもふもふさせてくれるし、もふもふされたい時は特に精神が疲労している時なのでもうあんまりそういう必要もなく、人間の姿のバスティアンとも寄り添って幸せです。
子育てで疲れてもふもふされたい時はあるだろうから、バスティアンに寄り掛かってぐったりしていると、子供たちも寄ってきて一緒に寝る…その幸せをひさびさに会った永野に延々話して「おまえ…すごい前のめりの早口で喋《しゃべ》るようになったな…」って感心されるという。
どう足掻《あが》いても幸福な未来しか待っていない遠藤とバスティアン（とその家族）なのでした。子供は多分まだ増える。

イラストを夏河《なつかわ》シオリさんに描いていただきました、ありがとうございます。遠藤を麗しく、バスティアンをりっぱに描いていただいてとても光栄です。特にバスティアンの首元から出る余り気味の毛の膨らみは重要なところなので（私個人の趣味の中で…）、ありがとうございました…！

最近いろいろなものを書くことができてとても嬉《うれ》しいです。
また別の本でもお会いできますように！

渡海奈穂《わたるみなほ》

この本を読んでのご意見、ご感想を編集部までお寄せください。

《あて先》〒141-8202 東京都品川区上大崎3-1-1 徳間書店 キャラ編集部気付
「御曹司は獣の王子に溺れる」係

【読者アンケートフォーム】
ＱＲコードより作品の感想・アンケートをお送り頂けます。
Ｃｈａｒａ公式サイト http://www.chara-info.net/

■初出一覧

御曹司は獣の王子に溺れる……書き下ろし

2020年8月31日　初刷

著者　渡海奈穂
発行者　松下俊也
発行所　株式会社徳間書店
〒141-8202　東京都品川区上大崎3-1-1
電話　049-293-5521（販売部）
　　　03-5403-4348（編集部）
振替　00140-0-44392

Chara

御曹司は獣の王子に溺れる

……………【キャラ文庫】

印刷・製本
カバー・口絵　株式会社廣済堂
デザイン　百足屋ユウコ＋モンマ蚕（ムシカゴグラフィクス）

ISBN978-4-19-901003-3

渡海奈穂の本

好評発売中

「狼は闇夜に潜む」

イラスト✦マミタ

人に擬態し、闇に紛れて人間を喰らう人狼が街に潜んでいる!?　衝撃の事実を広《ひろ》瀬《せ》に告げたのは、季節外れの転校生・九住《くずみ》。人狼狩りを生業とする九住が、瀕死の重傷を負い広瀬に助けを求めてきたのだ。驚く広瀬が傷口に触れたとたん、瞬時に傷が塞がっていく——。「こんなに早く怪我が治るなんて、俺達はきっと相性がいい」。高揚する九住は、俺の相棒になってくれと契約を持ち掛けてきて!?

渡海奈穂の本

好評発売中

「僕の中の声を殺して」

イラスト✦笠井あゆみ

人に寄生して体を乗っ取る謎の生命体が出現!! しかも、言語を発するらしい!? 捕獲を試みる市役所職員・幟屋《のぼりや》が協力を依頼したのは、引きこもりの青年・宮澤《みやざわ》。動植物の言葉がわかる能力を持つ男だ。こんなに煩いのに、なぜ皆にはこの声が聞こえないの…？ 虚言癖を疑われて人間不信に陥っていた彼は、13年間一歩も外に出たことがない。怯える宮澤を、幟屋は必死に口説くけれど!?